선우명수필선 48

공진共振

선우명수필선 · 48

공진共振

1판 1쇄 발행 2023년 5월 25일

지은이 김선화
발행인 이선우
펴낸곳 도서출판 선우미디어
등록 | 1997. 8. 7 제305-2014-000020호
130-100 서울시 동대문구 장한로12길 40, 101동 203호
☎ 2272-3351, 3352 팩스: 2272-5540
sunwoome@hanmail.net

값 7,000원

ISBN 978-89-87771-09-0 (세트)
ISBN 978-89-5658-732-5 04810

선우 명수필선 48

공진 共振

| 김선화 수필선 |

선우미디어 sunwoomedia

| 작가의 말 |

문조지몽(文鳥之夢)을 꿈꾸며

본격적으로 글을 써온 지가 만 30년이 되었다. 한국문인협회 기관지인 ≪月刊文學≫ 신인공모에 수필 〈흔적〉이 당선되기까지 6년이 걸리고, 그 후 신들린 듯 글에 매진한 세월이다. 그 무렵 나는 작가의 자리란 모름지기 신선(神仙) 격으로 여겨 동경했다. 그만큼 정신적으로 어느 한 곳에 매이지 않고 자유자재할 때라야 작가의 영봉에 다다를 것이라는 예상이었다.

조촐한 등단기념식 자리에 학창시절의 은사님을 모셨는데, 선생님께서는 방명록에 '文鳥之夢'이란 축하 문구를 적어주셨다. "晋나라 사람 羅含이 어느 날 낮잠을 자다가 文彩 아름다운 새가 입속에 들어가는 꿈을 꾸었는데, 그 후로 훌륭한 文名을 떨쳤다"는 고사이다. 신인으로서 너무도 아득했지만 참 멋있는 말로 해석되어, 나는 수시로 그 뜻을 헤아리며 마음에 새겼다. 그런 향기롭고 아름다운 날을 종종 꿈꾸며 글을 써왔다.

생의 자국을 녹여 씨줄과 날줄로 잣는 동안 보람을 맛보았고, 환희의 눈물도 흘려보았다. 헛말은 피하고 진실 속에서 의미 찾기에 주력한 시간을 귀하게 여긴다.

첫 책 ≪둥지 밖의 새≫부터 2020년 출간한 ≪우회(迂廻)의 미(美)≫까지, 총 9권의 수필집 안에서 가려 뽑은 34편을 여기에 수록한다. 단(短)수필은 2005년 출간한 ≪소낙비≫만 범주에 넣었다.

기회를 주신 선우미디어 이선우 대표님께 깊은 감사를 표하며, 선집을 묶게 됨을 기쁘게 생각한다. 어쭙잖은 이 글들이 독자들 가슴에 잔잔한 울림을 준다면, 애초 문조지몽을 품은 뜻에 조금 가까이 왔다고 위안 삼아도 좋을 성싶다.

2023. 3. 중순

김선하

차례

chapter 1

꿈(夢)의 향기

꿈(夢)의 향기

무의식의 세계를 옮겨놓은 것이 꿈[夢]이라고 말한 철학자가 있다. 그래서인지 현실에서 이루어지기 어려운 것들도 꿈속에서는 쉽게 이뤄질 때가 있다. 설혹 깨어났을 때의 허탈감을 맛볼지언정, 환상적인 그 세계에 빠지는 것은 행복한 일이 되기도 한다. 현실도피와도 같은 꿈속에서는 불가능한 일도 가능하기 때문이다. 그럴 때는 잠결에도 꿈인 줄을 알아 깨어나고 싶지가 않다.

나는 남동생을 잃은 후로 몇 차례 꿈속에서 만난 일이 있다. 만나면 이내 헤어져야 하는 것을 알고 있기에, 한번은 명절 가까운 날에 찾아온 동생을 못 본체 하였다. 나를 향해 큰 걸음으로 오는 동생을 더 오래 보려고 곁눈질만을 했는데, 반가운 마음에 손을 내밀었더니 동생은 어느 틈엔가 가버리고 없다.

마음먹은 대로 꿀 수도 없는 것이 꿈이지만, 여인들에게 자격이 주어지는 것이 태몽(胎夢)이다. 배를 불리는 열 달 동안 은은한 형상의 꿈에 태어날 아기의 미래를 비추어보며 여성으로서의 특권을 누린다. 이때 꾸는 꿈이야말로 태아에 대한 기대 때문인지 모두가 길몽 같기만 하다. 길몽을 말한다면 신라 무열왕(金春秋)의 왕비에 얽힌 이야기를 빼놓을 수 없다.

김유신에게는 누이 둘이 있었는데, 하루는 언니가 말하기를 간밤의 꿈이 망측하다 하였다. 본인이 높은 산에 올라 소피를 보자 그 물줄기에 장안이 잠겼다는 얘기였다. 이 말을 동생이 예사로 여기지 않고 언니에게 비단 한 필을 주고 그 꿈을 샀다. 그가 훗날 그 꿈 덕에 무열왕의 아내가 되었다는 이야기이다.

꿈은 이처럼 갖가지의 예시를 보여준다. 몇 해 전 나는 이사할 아파트의 구들 밑에 돼지우리가 있는 꿈을 꾸었다. 아파트에 구들이 있을 리 만무하지만, 그 밑에 우글거리던 새끼돼지들은 '복돼지'임에 틀림없다고 생각하였다. 그 꿈 덕인지는 모르나 그곳에 사는 동안 우리 가족은 별 탈 없이 조금씩 저축도 하며 지냈다.

그런데 간밤 꿈엔 난(蘭)과 매화(梅花)가 그려진 누런 필목을 받았다. 내게 글에 대한 희망을 처음 심어준 초등학교 때의 은사님이 손수 난을 치고 매화를 그려서 주신 것이다. 매(梅), 난(蘭), 국(菊), 죽(竹) 하면 예부터 문인들이 그려오는 그림이다. 조선시대에는 기생들이 매화에 연정을 담아 노래했다고 하는데, 이 매화는 워낙 향기가 좋다. 그런 매화를 지난 정초에 실제로 보았다.

연세 높으신 분께 인사차 들른 길에서였다. 분재 나무에서 망울을 터트리는 것을 보는 순간 감탄사가 절로 나왔다. 담홍

색의 꽃잎과 진노랑 꽃술 사이에서 뿜어지는 향기에 매료되었다. 그러면서 이 분재하나가 화초를 가꾸는 사람의 격을 달리하는 것을 보았다. 문인(文人)의 서재뿐만 아니라 화가의 화실이라든가 목수의 작업장 등에 놓여져도, 그 향기는 소유한 이의 내면의 향기로 피어나지 않을까 싶었다. 그렇게 볼 때 그날 내가 맡은 매화 향기는, 고매하기 이를 데 없는 문인의 향기였다.

지난밤 잠에서 깨어났을 때 두 팔이 뻐근했다. 아무것에도 눌리지 않았는데 이러한 것을 보니, 꿈속에서 받은 난과 매화가 그려진 선물의 무게에 눌렸던가 보다. 난이니 매화니 하는 것이 모두 문인을 상징하는 것들이 아닌가. 그렇다면 간밤의 꿈은 분명 길몽일 터, 팔의 통증쯤은 조금 오래가도 좋을 듯 싶다.

(1998. 5.)

소낙비

대전과 공주 사이, 유성 방향으로 '공암'이란 마을이 있다. 금강 변을 달려 구불구불한 순환도로를 지나면 동학사와 인접한 그곳에 다다른다.

입춘이 지난 화창한 날에 친정 식구들과 그 마을 앞을 지나게 되었다. 그런데 앞 좌석의 어머니가 팔을 뻗어 한 절벽을 가리켰다. 산 아래 석벽(石壁)에는 검은 굴이 퀭하다.

"저기, 굴 보이지? 금인지 석탄인지를 캐낸 자리란다. 어떤 남자와 여자가 저 굴에서 소낙비를 피하다가 정을 통해 아이를 낳았단다. 그런데 장성한 아들이 어느 날 그 아버지를 찾았단다."

"예."

그 얘기를 듣고 나서 내 머릿속은 바빠지기 시작했다. 그쪽의 지리 여건상, 5일 장에 나왔던 사람들이 비를 만났지 싶다. 아니면 집안의 경조사(慶弔事)에 다녀오는 길이었던가. 그도 저도 아니면 절에 불공드리러 가던 길이었을까.

그들이 비를 피한 곳은 길가의 뉘 댁 처마도 아니고, 나무 아래도 아니며, 사방이 뚫린 원두막도 아니다. 하필 어두침침

한 동굴이다. 그곳에 누가 먼저 들었을까. 급작스런 소낙비로 둘이 동시에 뛰어들었을까. 아니면 어느 한쪽이 비를 긋느라 들고 보니 앞서 온 인기척이 있었던 것일까. 상념의 끝이 꼬리에 꼬리를 무는데…. 실상 사건의 발단이야 뭐 그리 중요한가. 두 사람을 그렇게 엮은 비가 원죄이지.

비는 사람의 감정을 쥐고 흔드는 마력을 지녔다. 그래서 비 내리는 날엔 전혀 예기치 못한 일도 일어난다. 더구나 소낙비는 급하기가 이를 데 없다. 그 급함이 그날의 남녀에게도 영향을 미친 것이리라. 이렇듯 세상일 다반사가 어떠한 계기로부터 비롯되는 것을 따져볼 때, 그날의 진범은 누가 뭐래도 '소낙비'이다.

이런저런 생각에 골몰하던 나는 불쑥 말문을 열었다.

"그날 그들은 과부·홀아비가 아니었던 모양이지요?"

"글쎄, 그래도 '나는 아무개요' 하고 이름 석 자는 알려줬으니 훗날 아들과 만났겠지."

"그렇긴 하네요."

"아이 참, 누나는? 처녀 총각이었으면 결혼하면 됐고, 과부·홀아비였어도 문제는 간단했죠."

운전하던 동생의 참견에 나는 괜히 머쓱해졌다.

"그것도 그러네."

그러나 스쳐 지나온 그 동굴에 대한 인상이 쉬 가셔지질 않는다. 봄비 찰박대는 날이면 감성이 먼저 내달려 소낙비를 맞고 섰다.

(2004. 3.)

첫사랑

샘물이 흘러넘치는 곳에서 그를 만났다. 팔 뻗으면 닿을 거리에서 가늘게 흐르는 도랑을 사이에 두고 양쪽 풀 섶에 앉았다. 그쪽은 아내와 어린 아들까지 나와 있었는데 어이 된 일인지 나는 혼자였다.

두 사람은 무언 속에서 서로를 읽어 내려갔다. 벼르고 별러온 이야기를 풀고 있었다. 가족의 형태로 거기 나온 사람들의 역할은 별게 없었다. 그와 내가 나누는 이야기를 경청하는 것이 그들의 몫이었다. 누군가 꼭 들어서 남겨야 할 이야기를 알아두기 위하여, 의무를 띠고 나온 사람들이라고나 할까. 그들은 그러한 가치를 따져서 세워놓은 증인들에 불과했다. 그렇기에 그들은 우리 두 사람의 대화에 전혀 개입하지를 않았다. 따라서 나도 그의 가족을 의식하지 않았다.

처음 얼마간은 두 사람의 이야기를 물살이 대신했다. 세월의 두께에 눌린 이야기들을 돌돌 흐르는 물살이 거푸거푸 풀어냈다. 20년이나 지나버린 세월을 안고 가장 하고 싶은 말이란 무엇이었을까. 예나 지금이나 듣는 편에 서 있는 그를 향해 나는 온몸의 기를 다해 토해냈다.

"우리가 결혼을 못 한 것은 지나간 시대적 가난 때문이에요! 개인의 야망보다는 가족의 굴레에서, 내가 돌보지 않으면 안 되었던 현실을 당차게 외면하지 못한 탓이에요! 나는 주변을 끌어안느라고 당신을 놓았어요!"

그건 절규였다. 목소리에 얼마나 힘을 주었는지 잠결인데도 내가 쏟은 말이 또렷하게 들렸다.

사람이 살아가면서 이성을 만나고 정을 주고 또 받고, 그러나 맺어지지 않는 관계는 아릿한 슬픔 한 자락을 가슴에 안기 마련이다. 아름다웠던 일들을 추억하기보다는 이루지 못한 설움이 더 크게 남아 한을 낳기도 한다. 내게도 그렇게 응고된 덩어리가 만만치 않은 모양이었다. 실제로는 그가 어디에 사는지를 알아본 일이 없고 또 알려 하지도 않았으나, 가끔씩 꿈결에는 그의 자취를 찾아 더듬었다. 작정하고 꾸는 꿈도 아니지만, 꿈길에서 그의 모습을 보면 더없이 반가웠다. 그러나 정면으로 얼굴을 본 일은 없다. 철길을 사이에 두었거나 뒷모습뿐이어서 더욱 허탈하기만 했다. 어느 때는 우편함에 묵은 편지가 그득하여 '이제야 그의 주소를 알겠구나'하고 열기가 솟구쳤는데, 그만 아침이었다.

잊었다가도 떠오르고, 세월 속에 고이 묻었다가도 어느 결에 꺼내보게 되는 것이 첫사랑의 여운인가보다. 세파에 찌들기 전의 여리고도 순수한 영혼으로 맺어진 관계여서, 사람들은 그 풋풋함을 두고두고 기억하는 것이리라. 그래서인지 첫사랑을 아름답게 말하지 않는 이를 나는 이제껏 만나지 못했다. 수줍게 여미어둔 어설픈 그 첫사랑—은 세월 속에서 어엿하니 자라난다. 다지면 다질수록 고개를 들고 사람의 나이를 따라서 덩달아 성숙한다. 서툰 표현 등으로 상처를 냈던 말들조차 미화되어 둥지를 틀고 좀처럼 떠날 기미가 없는 게 첫사랑이다.

불같은 열기를 삭여가며 주경야독하던 시절, 핸섬한 청년이 다가왔었다. 지금도 서울 복판에 나가면 그가 머물던 건물이 남아있는데, 그 빌딩 내의 ㅎ무역회사 기획부에 근무하던 엘리트 사원이었다. 그 무렵의 그는 유일하게 나를 읽어내는 사람이었다. 그 넉넉함으로 내 정신은 충만했고, 가시덤불과도 같았던 현실을 무한히 뛰어넘을 수 있었다. 그를 떠난 내 세계는 생각지 않을 정도였다. 그 세월은 결코 짧지가 않았다.

한데 차츰 철이 들자 내 안에 그를 가두면 안 되겠다는 마음이 생겨 엉뚱한 짓을 하기에 이르렀다. 뒷걸음질 치는 방법으로 타인과 맞선 한번 보고는 약혼했다 하여 그를 멀리했다. 성실하고 포부가 큰 청년이었는데, 그런 사람을 붙들어 내 작은 그늘에 머물게 할 수는 없는 일이었다. 결과적으로 미국 유학을 준비하는 그에게 기다린다 말하지 못하고, 가지 말라고도 못하였다. 나도 따라가겠다고는 더더욱 못했다. 어린 나이치고 이 얼마나 갸륵한(?) 결별인가. 당시 나를 가둔 굴레는 그런 것이었다. 진실을 가슴에 묻고 딴청을 피운 사람이 비단 나 하나 뿐은 아닐 것이다.

요즘처럼 성격 차를 들먹이며 맞는 결별 앞에서는 굳이 시대 탓을 하지 않아도 될 것이다. 하지만 부모형제로 고리 지어진 인연의 틀에서 숨 막힐 듯 옥죄어오던 가난은, 많은 사람의 가슴에 생채기를 냈고 한을 남겼다. 이처럼 혈육의 끈을 저버리고 사랑을 택할 만큼의 배짱이 나에게는 역부족이었다. 내게 있어 첫사랑의 향기는 80년대 초반의 나라 살림과 맞물려 애련한 아픔을 아우르고 있다.

금강산 이산가족 상봉 때 52년간 헤어져 살아온 이북의 남편에게, "따로 사귀던 애인과 함께 북으로 올라가 재혼한 것인가?" 하고 쏘아붙인 이남의 여인이 매우 인상적이었다. 쇠할 대로 쇠한 여인이 남자의 가슴팍을 치며 처음 다그친 말, 그 투정 속에는 수많은 말들이 숨어있었다. 당시 남편은 학생이어서 실제의 결혼생활이래야 3, 4년에 불과하다고 한다. 집 떠나 학교 다니던 남편이 6·25로 인해 소식이 끊겼다는데…. 자식도 없이 견뎌온 여인의 애달픈 삶을 무엇에 견줄까.

"별나게 잘난 건 없어도 내 첫사랑인디! 다 시대 탓이지."

그렇다. 첫사랑의 위력이 그녀를 버티게 한 것이다. 개인의 아픔을 시대적 아픔으로 끌어안기까지 그 부대낌이 어떠하였으랴. 젊은이도 아닌 70넘은 노구의 입에서 내뿜어지는 말 '첫사랑'. 함부로 꺼내 보일 수 없는 말이다. 그 무엇보다 가슴 저리고, 그 무엇보다 진귀하여 아름다운 말이다.

그러고 보면 첫사랑은 참으로 많은 것을 포용하는구나 싶다. 이 말 앞에서는 너나없이 양순해진다. 스치듯 꿈만 꾸고도 봄 동산을 거니는 느낌에 젖어드는 것을 보면.

(2006. 10.)

흔적

거실 귀퉁이엔 한쪽 테두리가 떨어져 나간 조선백자 항아리가 있다. 외할머니 손때가 묻은 물건인데, 얼마 전 친정어머니로부터 받아온 것이다. 장식용이라기보다는 곡물의 종자 따위를 넣어두었던 자기(瓷器)인 것 같다. 목이 잘록하고 몸체가 볼록한 이 백자 항아리는, 군데군데 실금이 가있어 옮겨놓기에도 조심스럽다. 그렇지만 그 외양이 암팡지고 뚝심 있는 여성과 흡사하여, 변덕스럽지 않은 데서 오는 안정 미를 느끼게 된다. 화려하지도 헤프지도 않아 남들 앞에 몸을 사릴 줄 아는 여인. 나는 그런 여인을 좋아해서, 곧잘 이 물건에 마음속의 상(想)을 그려 넣는다.

한 번은 작은아이가 다니는 초등학교에서 가보(家寶) 전시회를 연다 하기에 이 백자 항아리를 보낸 일이 있다. 꼭 자랑할 만한 가치는 못 된다 하더라도, 어린아이의 가슴에 조상들이 남겨놓은 흔적을 일깨워주고 싶어서였다. 항아리 안에 종이를 채우고 '조선백자/ 외증조할머니의 유품'이란 설명서를 붙여서 싸주었더니, 그것을 들고 나서는 아이의 걸음걸이가 유난히도 힘차 보였다.

내가 내 아이만 할 때의 어머니는, 조금이라도 값이 나가는 물건이다 싶으면 하나둘 덜어내기 시작했다. 사기그릇은 물론이고 귀중품을 넣어두던 궤(櫃)까지 골동품 장사에게 넘겨 우리들의 학비를 보태곤 하였다.

어느 날, 뜰을 넓히느라 내리밟은 아버지의 삽날에 뭔가 부딪히는 소리가 났다. 사금파리이겠거니 했는데, 황토(黃土) 속에서 모습을 드러낸 것은 황홀하리만치 아름다운 찻잔이었다. 흰색 바탕에 진청색 그림이 새겨져 있고 손잡이가 달려있는 앙증스런 물건. 그때까지 보아온 투박한 것들과는 확연히 다른 용기(容器)였다. 나는 그걸 보면서 올되게도, 어느 시대 누구의 유물일까에 생각이 미쳐 가슴이 뛰었다.

황해도 송화가 고향인 외할아버지는 일찍이 동학(東學)에 심취하여, 그 종파를 따라 이곳 충청도 계룡산에까지 내려와 정착하였다. 여기서 결혼을 하게 된 어머니는 아예 친정살이를 하며 우리들 11남매를 낳아 길렀다. 그런 관계로 외가에서 자란 나는, 이 마을에 가장 먼저 터를 잡은 분이 외할아버지라는 점을 대단한 긍지로 여기고 있었다. 그런데 그 시기에 그 집터에서 발견된 찻잔 하나는 내게 있어 이루 말할 수 없는 의문거리였다. 이전에 이 땅을 거쳐 간 사람들에 대한 호기심 또한 꼬리에 꼬리를 물고 이어졌다. 하지만 그 찻잔마저 오래가지 않아 골동품 상인에게 넘겨졌고, 그 후 집안에는 옛 물건이라곤 찾아보기 어려웠다. 그러한 상황 속에서 어머니는, 이 백자 항아리만은 차마 떼어 보내지 못하고 이제껏 끌어안고 계셨던가 보다.

TV프로에 보면, 조상의 유물을 들고 나와 감정(鑑定)이라는 이름으로 심판대(?)에 올리는 사람들이 있다. 진품 명품을 가려 보자는 것인데, 굳이 그런 가치를 따져볼 필요가 있는지 생각해 본다. 물론 명확한 것을 중시하는 현대인들인지라 그런 가치를 따져봄직도 하다. 하지만 조상으로부터 물려받은 물건에 아기자기한 혈육의 정이 스며있으면, 그것으로 족하지 않을까.

지난번 도예가 심수관의 작품 전시장을 돌아본 일이 있다. 그는 임진왜란 때 일본으로 끌려간 도공의 후예로서 14대째 가업을 계승하고 있는데, 잠시 귀환하여 자신의 작품은 물론 선인들의 도기(陶器) 솜씨까지를 선보이는 자리였다. 그곳에 전시된 다양한 작품들도 작품이었지만, 나는 그 도공(陶工)들의 정신에 무한한 감동을 받았다. 비디오 영상을 통해 본 그들은, 가마에 불을 지필 때마다 자기의 불모지(不毛地)에서 도공의 혼을 불사르다 숨져간 초대(初代) 조상의 모발(상투) 앞에 제를 올린다. 그런 모습이 더없이 경이롭게 와 닿았다. 이러한 것들이 현실을 살아가는 사람들에게 흐려져 가는 역사의식을 고취시키고 있었다.

그리고 얼마 후 '어깨춤 추는 1400년 전 男女커플'이란 머리기사를 신문에서 보았다. 생각만으로도 아득한 세월이다. 나는 잠시 심호흡을 한 후에야, 그것이 신라시대의 유물로 6세기경의 토기에 새겨진 무늬라는 것을 알았다. 포항지역에서 발굴되었다는 이 도자기의 몸통 부분에는 춤추는 남녀 모습이 새겨져 있는데, 그게 여간 신명나 보이지 않는다. 쭉쭉 삐쳐진 선만으로도 남자의 머리에 꽂은 깃과, 펄럭이는 여자의 치마를 구분해낼 수가 있었다. 그간 익히 알고 있는 하회탈과는 또 다른 느낌으로 신라인의 순수와 해학을 엿보게 한다. 이렇듯 도자기에까지 묘사된 그 시대의 생활상에 대하여 나는 놀라지 않을 수가 없다. 남녀가 서로 마주 보며 어깨를 들썩이는 율동미에, 전혀 춤을 출 줄 모르는 내가 그들과 한바탕 어우러지고 싶은 충동을 느낀다.

사람이 남긴 흔적들을 어찌 다 열거할 수 있으랴. 그 숱한 흔적들 중에는 역사에 빛나는 흔적이 있는가 하면, 많은 사람들의 발길에 채이는 흔적도 있다. 하지만 이렇듯 갖가지 물증을 통한 선인들의 숨결을 느낄 때마다 나는 내가 후대에 남겨줄 것에 대하여 생각해보게 된다. 먼 훗날의 나. 수십, 수백 년 뒤의 나를 후예들에게 어떤 모습으로 어떻게 전달할 것인가에 마음이 머문다.

지금까지 별로 재물 복이 따르지 않은 나로 보아서는 내 자식들에게도 값나가는 물건 따위는 물려주지 못할 것 같다. 그렇다고 역사에 길이 남을 만한 발자취는 엄두도 못 낼 것 같고…. 그러나 동(同)시대 사람들의 애환(哀歡)이 담긴 몇 줄의 글을 후손들의 궤 안에 넣어주고 싶다. 그들이 훗날 내 필적을 통하여 앞서간 이들의 생활상을 엿볼 수 있게 된다면, 내 영혼은 아마도 '흔적'이란 이름 앞에서 어우러짐의 노래를 부를 것이다.

(1999. 7.)

우물자리

쾌청한 봄날, 대리석인 듯싶은 암반 틈에서 물이 솟는다. 그것은 금세 우물을 이루더니 찰랑찰랑 흘러넘친다. 보(洑) 안의 물에 내 얼굴이 비치는데, 물빛은 하늘을 닮아 푸르고 얼굴은 바위를 닮아 검푸르다. 꿈이었다. 이런 꿈을 꾸고 나면 기분이 묘해진다. 원초의 바닥으로 돌아가는 느낌마저 든다. 삶에서 부대끼는 온갖 욕심들도 일순 사라진다. 무욕의 지극한 고요 속에서 새로운 일이 열릴 것 같은 예감에 설레기도 한다.

고향 집 뒷산 기슭엔 가마터가 있었다. 그리고 거기서 몇 걸음 거리에 '바가지샘'이 하나 있었다. 우리가 그 마을에 터를 잡기 전부터 자기(瓷器)를 굽던 사람들이 목을 축이고 흙 반죽을 했을 물이다. 산속에 외딴집을 짓고 도자기에 혼을 불어넣는 것으로 외로움을 달랬을 사람들, 덩그마니 그 터를 지키는 우물자리를 통해서 나는 그네들의 삶을 유추해보곤 했다. 사방형으로 땅을 움푹이 파서 돌을 쌓는 형식은 어느 시대의 건축기법인지 모르지만, 한때 그곳에서 보금자리를 이뤘던 사람들의 향기가 우물자리에서 솔솔 피어오르는 듯했다. 허나 그들은 간데없고 사금파리만 널브러진 나지막한 샘가엔 해묵은 낙엽들이 쌓여 가는데, 흙을 파내어 생긴 반 경사 언덕에선 신기한 광물들이 햇빛에 반사되어 눈이 부셨다. 그러한 곳의 우물을 우리 가족은 아예 못 먹는 물로 인식하였다.

그런데 예의 우물자리를 나는 가끔씩 꿈길에서 만난다. 고향을 떠나온 후로 가본 일도 없건만 작은아이의 태몽이 그 우물과 관련된다. 그 옛날 등한히 여겼던 묵은 우물 하나가 나와 내 아이에게는 또 다른 근원으로 터를 잡는 것이다.

이처럼 어릴 때 가까이했던 물은 그 사람의 일생에 영향을 미치나 보다. 먹고 자란 물은 물론이고 보고 자란 물이어도, 그건 한 사람의 근원이 되어 밀접하게 따라붙는다. 어머니의 자궁, 즉 물에서 왔고, 물로 돌아간다는 사람들의 삶에는 우물과 관계된 설화도 많다. 통일신라시대의 선승 '범일국사'에 얽힌 탄생 설화도 우물과 관계된다.

강원도 명주군 학산마을의 한 처녀가 석천(石泉)이란 샘물을 길어다가 마시려는데 그 속에 해가 들어있었다고 한다. 처녀는 그 물을 마신 뒤로 태기가 있어 13개월 만에 아이를 낳았는데 그가 바로 범일국사라고. 그는 일찍이 출가하여 당나라에서 도를 깨쳐 국사가 되었고, 열반한 후에는 대관령에 올라 산신령이 되었다는 신화가 전해온다. 그때 범일국사의 어머니가 마셨다는 석천은 지금은 볼품없지만, 신성성이 깃든 우물로 알려져 사람들의 발길이 끊이질 않는다.

형제들과 사람의 근원에 관해 얘기할 때가 있다. 그럴 때면 공통적으로 등장하는 것이 물이다. 그것도 어린 날 먹었던 물 중 가장 높은 지대에서 나던 물에 이야기의 초점이 맞추어진다.

능선 너머에 있는 골짜기엔 가재가 기어 다니는 지반 사이로 얼음장 같은 물이 흘렀다. 부모님이 땅을 개간했다 하여 '생땅판데'라고 부르던 곳이기도 하다. 우리 가족은 그곳에 주전자 하나 너비의 보를 쌓고, 그곳에서 냉수를 길어다 먹으며 여름을 나곤 하였다. 어디든 물이 고인 곳이면 발원지가 있듯이, 우리 형제들의 정서적 근원지는 바로 그 '생땅판데'인 셈이다. 그런 얘기를 나눌 때면 너나 할 것 없이 얼굴에 미소가 고인다. 그만큼 우물자리는 성장 과정에서 빼놓을 수 없는 신비의 요체였다.

그러나 지금은 그런 것들의 흔적을 알기가 어렵다. 고향마을이 골프장 풀밭에 들어있는 까닭이다. 우리 형제들의 정서적 근원이 되어주던 골짜기나 내 아이의 태몽으로 안겨들던 우물터는, 이제 다시금 누구의 몸을 적시며 되살아나고 있을까.

나는 어딜 가나 우물자리를 만났을 때 가슴이 뛴다. 생수가 솟고 있으면 더없이 반갑고, 우물터나마 보존되어 있으면 선인들의 생전모습을 가늠해 볼 수 있어서 그 역시 반갑다. 청산리대첩 등으로 민족혼을 불태운 김좌진 장군의 생가에서 물맛을 보았는데, 문화의 인물을 많이 낸 그곳 사람들 말에 의하면 김좌진 장군을 최영 장군의 환생이라고 믿는 이들이 많다고 한다. 윤회사상으로 미루어볼 때 그럴 법한 얘기이나, 사람이 나고 죽는 것이야 신이 아닌 한 그 누구도 알 수 없는 일이다.

하지만 생이 다해 흙으로, 물로, 공기로 돌아갔다가 다시 생명을 얻어 환생한다는 이치를 나는 우물터에서 찾는다. 물이 지닌 생성의 상징성 때문인지 모르지만 우물자리에서 곧잘 그런 의미를 건져 올린다. 땅에 스며든 물이 여과되어 우리들의 몸을 적시고, 그 몸이 다시 자연으로 돌아가고, 또 오고…. 그래서인지 오래전 사람들이 먹고 간 샘물을 맛볼 때 시공을 뛰어넘는 교류가 이뤄진다. 내가 그들이 되고, 그들이 내가 되어 내 안에서 출렁인다.

(2002. 7.)

덩굴손과 버팀목

해마다 봄기운이 돌기 시작하면 이상하리만치 덩굴식물을 심는 버릇이 있다. 온상으로 여리게 자란 싹이지만, 오이니 수세미니 하는 것들을 베란다에 열을 지어 옮겨놓고 나면 마음은 절로 넉넉해진다. 몇 해 전에는 박씨를 얻어 무심코 빈 화분에 묻어두었더니, 그것이 여름밤 내내 청초한 꽃을 피워 초가마을의 밤풍경을 연상케 했다. 그걸 계기로 덩굴식물과 나는 더욱 가까워지게 되었다.

실내에서 자라는 덩굴식물은 비록 열매는 맺지 못하지만 제 나름대로의 욕구가 충천(衝天)하여 좋다. 그걸 보고 있다 보면 끈질긴 의욕을 읽게 된다. 새 흙에 뿌리가 잡히기 시작하면 이내 뻗어 나오는 덩굴손. 덩굴손이 하나둘씩 늘어날수록 내 마음도 덩달아 급해진다. 모든 일에는 때가 있는 법이라고 내 안의 내가 외쳐대는 것만 같다. 그래서 서둘러 버팀목을 마련해준다. 그리고 이리저리 줄을 띄워 덩굴식물이 잘 타고 오르도록 길을 터 준다. 그러고 나면 어떤 줄기는 하룻밤 사이에 줄과 줄 사이를 서너 바퀴씩이나 휘감아 돌린다. 하지만 아직 줄에 닿지 못한 것들은 잡을 듯 잡을 듯 헛손질

만을 해대다가 그만 바닥에 나동그라져 타일 틈서리를 기고 있다. 그러면서도 제 근성의 자존심인 양 덩굴손만을 꼿꼿이 세우고 하느작거린다.

나는 이러한 덩굴식물을 보면서 사람들 내면의 소리를 듣는다. 한없이 뻗어나가고 싶은 본능(本能). 그 욕구에 의해 사람의 감정은 곧잘 희비(喜悲)로 엇갈린다. 각기 그 형태가 다를 뿐, 그것은 살아있음의 증표라고도 말할 수 있다. 그래서 식물의 덩굴손과도 같은 사람의 욕망은 '주머니 안의 송곳'과도 같아, 가만히 있어도 자꾸만 불거져 나온다. 때로는 그게 지나쳐서 우(愚)를 범하기도 하고, 구설에 오르는 일을 부르기도 한다. 또 이러한 욕망과 부합되는 것이, 보이지 않게 형성되는 연(緣)줄이다. 이 연줄 앞에서 연약한 사람들은, 자신도 모르는 사이에 이성을 잃거나 우스꽝스런 사례를 빚어내기도 한다.

줄과 줄 사이, 그리고 덩굴손과 버팀목의 관계는 참으로 모호하다는 생각이 든다. 어쩌다 한 사람이 괜찮게 풀려 두드러진다 싶으면, 으레 "쟤, 내가 키웠어." 하는 등의 공치사가 따라붙는 것을 볼 수 있다. 그런가 하면 묵묵히 뒤에서 지켜보며 힘이 되어주는 사람이 있다. 이럴 때 사람들의 마음은 후자 쪽으로 쏠리게 된다. 따라서 숨은 이의 공로도 자연적으로 인정을 받게 된다. 그 한 예로 미 워싱턴주 상원의원 신호범 씨는 여섯 살 때에 거리의 소년이던 것이 현재의 자리에까지 이르렀다. 그것은 한 의인(義人)이 있었기 때문인데, 신호범 의원은 그 의인이 미국인 양아버지였다고 고백했다. 말하자면 양아버지의 숨은 공로를 고백함으로써 의인이 세상에 드러난 셈이다. 그는 6·25와 같은 궁핍의 시기를 겪으면서 미군들에게까지 구걸행각을 벌였다고 하는데, 그건 어쩌면 살고자 하는 본능에서였을 것이다. 그런데 그것이 양아버지와의 인연을 가져와 오늘의 그를 있게 하였다.

대부분의 사람들은 어떤 결과를 논할 때, 거기에 따르는 공을 자신의 공으로 돌리는 사람이 있고 또 남의 공으로 돌리는 사람이 있다. 이래서 성급하게 자신의 공으로 알아달라고 지레 목청 높이는 사람 곁에는 선뜻 다가서는 것을 꺼리게 된다. 밑에서 뚝심 있게 받쳐주는 버팀목과 그것을 타고 올라야만 너른 세상을 관망할 수 있는 덩굴식물. 그러고 보면 이 둘의 관계는 떼려 해야 뗄 수 없는 상호보완적인 자리에 있는 것 같다. 더불어 살아가는 사람살이에서는 더욱 이것이 요구된다. 비약이 심할지 모르나 스스로 일어설 수 없는 지체 부자유자에게 버팀목 역할을 해준 사람이 공치사에만 급급하다면, 버팀목을 타고 오른 식물에게 꽃 피울 기회도 주지 않고 그 뿌리째 잡아 흔드는 것이나 다름없을 것이다. 이렇게 볼 때 인생 최고의 아름다움은 서로 간에 사심 없이 어우러질 수 있는 숭고한 정신에서 기인되는 것이라 여겨진다.

한적한 농촌에서 만났던 여름날의 풍경이 잊히지 않는다. 친정에 다녀오던 길이었는데, 그 곳은 마을 입구에서부터 개울 길을 따라 버드나무가 운치 있게 늘어서 있었다. 하루는 그 중 이색적인 광경이 눈에 들어왔다. 버드나무길이 끝난 들판에 웬 자색 빛을 띤 기둥 하나가 우뚝 서 있는 게 아닌가. 다가가 살펴본즉, 고목으로 퇴화하여 몸통뿐인 버드나무를 담쟁이덩굴이 타고 오른 것이다. 그러고는 앙증맞은 이파리마다에서 윤기를 내는 것이 마치, 오랜 숙원을 풀어낸 사람의 얼굴과 흡사했다. 그것은 인간의 힘으로는 감히 흉내조차 내기 어려운 자연이 빚어낸 설치미술이었다. 대자연의 생성과정이 아무리 신비롭다 한들, 신(神)의 조화가 아니고서야 이렇듯 아름다운 예술품을 선보일 수는 없다. 검게 타버린 고목이 자신의 몸을 내어주고 또 다른 형상으로 환생하고 있었다. 사람으로 치면, 조화롭게 어우러진 사제(師弟) 간의 숨은 정리(情理)를 드러낸 것 같았다. 뻗어 오르고자 하는 담쟁이덩굴의 본능을 허용하여 그 잎들에 가려진 버팀목 하나. 바람결에 달싹이는 무성한 잎 사이로 버팀목의 굳은 표피가 얼비치고 있었다. 그러고도 고목은 풍만(豊滿)하기 이를 데 없는 의인의 모습으로 초연하게 서 있었다.

나는 고목과 담쟁이덩굴이 연출해내는 경이로움 앞에서, 신의 조화를 만난 듯한 느낌으로 한참동안이나 붙박인 듯이 그 자리에 서 있었다.

(2000. 1.)

어름치의 모성

강바닥에 돌탑을 쌓는 물고기가 있는데 그건 바로 천연기념물로 지정된 '어름치'이다. 유독 우리나라에만 서식한다는 이 어름치는 산란기가 되면 주둥이가 닳아질 정도로 자갈을 물어날라 탑을 쌓는다. 점액질이 없는 알이 물살에 떠내려가는 것을 막기 위하여 높이 20센티, 넓이 60센티 정도의 돌무더기를 만들고 거기에 알을 낳는다. 그래서 어름치들의 산란기에는 탑 주변의 강바닥이 훤히 드러나기도 한다. 적으로부터 알을 보호하고 통풍이 잘되도록 정성을 다하는 모습이 섣부른 사람의 재주에 비할 바가 아니다.

물고기 중엔 부성(父性)이 강하기로 알려진 가시고기도 있는데, 알이 부화되어 제구실을 할 때까지 부성애를 발휘하고는 이내 죽어간다. 이러한 장면을 비록 영상을 통해 보았지만, 한낱 미물인 물고기들의 본능이 어설픈 사람보다 낫다는 생각이 든다.

과수농장에서 머릿짐을 여 날라 자식을 키우던 어머니가 있었다. 낫 놓고 기역 자도 모르는 남성이 남의 집 궂은일을 하고, 그 대가로 자식들을 학교에 보내던 시절이 있었다. 고향마을의 성인 여성 품삯이 하루 3, 4백 원 할 때의 이야기이다. 그때는 중학생용 노트 한 권 값이 10원 정도였다. 그렇기 때문에 3, 4백 원이란 돈의 가치는 작은 것이 아니었다. 하루 힘들게 일을 하면, 며칠간은 자녀들 학용품 걱정을 하지 않아도 되었다. 그러나 그 시절엔 이처럼 품삯이 정해져 있긴 해도 서로 품을 지고 갚아주는 품앗이가 성행하였다.

그 무렵 우리 마을에선 처음으로 인삼 농사가 이루어졌는데, 인삼 고장의 전문가들이 박토를 선도지 내어 농사를 지었다. 그러니 밭갈이부터 시작하여 삼을 캐기까지, 인삼재배에 따른 거의 모든 공정은 마을 사람들 몫이었다. 산에서 풀을 베어내려 퇴비를 하고, 밭두둑에 각목을 세우는 등 마을 안팎이 분주해졌다. 농사라 해야 논에서 나는 쌀과, 밭에서 거둬들이는 잡곡류 외엔 접해보지 않은 사람들에게 인삼 농사는 생경하게 다가왔다. 마침 자식을 줄줄이 학교에 넣은 내 어머니는 때를 만난 듯이 그곳에서 품을 팔기 시작했다.

어머니께서 한 동에 2원 하는 풀을 깎을 때면, 어린 동생에게 때맞춰 젖을 먹여오는 건 내 몫이었다. 어느 때는 동생을 업은 손에 어머니의 아침 보퉁이가 들리기도 하였다. 종일토록 낫질을 해야 하루 2, 30동밖에 안 되었지만 어머니는 억새에 손을 베이면서도 미소를 잃지 않으셨다. 가지런히 틀어 올린 머리에 수건을 두르고, 불은 젖을 꺼내 아기에게 물리는 어머니의 자태는 어린 마음에도 숭고하기 이를 데 없었다. 외동딸로 곱게 자란 분이지만 자식을 위해서라면 혼신을 다하는 어머니가 마을을 감싸고 있는 뒷산보다도 큰 여인으로 비쳤다.

몇 년이 지나자, 마을 사람들에게 경제적인 혜택을 안겨주던 인삼밭은 자취를 감추었다. 한곳에서 연작할 수 없는 인삼 재배의 특성에 따라 다른 곳으로 옮겨간 것이다. 이제, 노임(勞賃)의 맛을 알게 된 사람들에게는 적잖은 타격으로 받아들여졌다. 그런데 공교롭게도 그런 징후와 때를 같이 하여 이번엔 너른 과수원이 들어왔다. 들어왔다니 이상한데, 외부 사람이 야산을 사서 개간한 것이다. 어머니는 이제 그 과수원 일에 매달렸다. 집안의 농사일이 있어도 짬짬이 과수원에 가서 일을 하여 우리 형제들의 뒷돈을 댔다.

그때 이웃엔 문맹의 여인이 살았다. 어둡기로는 그 집 남자도 마찬가지여서 어머니는 그들을 내 일 돌보듯 하였다. 그들에겐 두뇌 명석한 아들이 있었는데, 어느 날 어머니는 그 집 남자를 과수원에 부탁하여 일자리를 얻어주었다. 그러나 보증으로 내세울 만한 것이 없어, 이제 갓 까까머리 학생인 그 소년을 세웠다.

그 집에 식량이 떨어져도 어머니는 그들의 대리인이 되어, 5리 밖 장터 길을 마다하지 않았다. 저녁연기가 초가마을을 수놓을 즈음에 어머니는 그들을 앞세우고 길을 재촉하였다. 그러고는 곡물 가게 주인에게, "이 집 아들이 계명중학교 우등생이니 이름만 대면 다 알지요. 그 아이를 키운다 생각하시고…." 하여 외상 보리쌀 서너 포대씩을 받아오곤 하였다. 그 손수레 그림자가 마을로 다가올 때면 가난한 사람들이 배가 불렀다.

어른들 간의 이야기이긴 했지만, 채 자라지도 않은 소년까지 채무자로 만들었던 과거가 가슴 아프다. 하지만 어쩔 수 없는 상황 속에서 그렇게나마 살지 않으면 안 되었던 것이 우리들이 지나온 삶의 자국이다. 또한 그것이 30여 년 전 우리 어버이들의 자식 사랑법이다. 그만큼 그 시절의 자식들은 부모에게 정신적 육체적 보증수표나 같은 존재였다. 낫 놓고 기역 자도 모르던 부부는 그 듬직한 아들 덕에 몸이 부서져라 일을 했다. 품을 팔 곳이 있어 행복했고, 그 몸짓에 의해 자식이 커나갈 것을 믿었던 까닭에 어깨엔 힘이 실려 있었다.

세월이 지났어도 부모가 자식 생각하는 마음은 크게 다를 것이 없다. 내 자식은 귀히 될 것이라고들 믿는다. 그러면서 갖가지의 가능성을 부여하려 든다. 그런데 이처럼 자식 위하는 길에서 주부들이 어려움을 겪는다. 일을 하고 싶어도 마땅히 일할 곳이 없어 애가 탄다는 것이다.

그러고 보면, 주둥이가 벌겋게 해지도록 자신의 알을 보호하려 안간힘쓰는 어름치가 부럽다. 그것들에게는 적어도 일자리가 보장되어 있지 않은가. 그런데 사람들에게는 일자리가 보장되지 않아 진정한 모성이 빛을 잃어간다. 애초의 선한 속성이 푸대접을 받는 일도 일어난다. 나는 이러한 슬픈 현실 앞에서, 강바닥을 누비며 돌을 물어 나르는 어름치의 모성이 성스럽기만 하다.

해 질 녘 저녁거리 끊긴 가장에게 손수레를 끌게 하신 내 어머니나, 부모로서 본분을 다해내던 우직스런 부부의 거친 숨소리가 아름다운 영상으로 다가온다. (2001. 8.)

칡꽃

언젠가는 맞아야 하고 또 겪어야만 될 삶과 죽음의 기로. 누군가의 말처럼 우리는 지금 죽음을 향해 소멸해 가는 것일까, 영원을 향해 한 걸음씩 전진하는 것일까. 나는 지금, 인생의 막바지에 처한 그분들을 지켜보는 것만으로도 초연하질 못하다.

장수하는 노인이 중풍 앓는 딸 생각이 나서 과일 몇 개를 사들었다가 사고를 당했다. 그런데 20여 일간의 혼수상태에서 깨어난 그는 무의식중에도 젊은 날을 이야기한다. 눈동자를 허공에 둔 채, 일찍이 혼자되어 아들딸을 키워냈다는 이야기를 한숨처럼 토한다. 그 시절의 아련한 추억으로 현재를 버티는 것이다. 자식을 위해서라면 입에 든 것마저 내어주던 어머니들의 세대가 이렇게 기울고 있는데…. 그러나 정녕 그 자녀들은 발길이 뜸하다. 노인 곁에는 품삯에 고용된 간병인만이 권태를 참으며 앉아있다.

이는 결코 남의 이야기가 아니다. 팔월의 늦장마가 기승을 부리는 가운데, 사경을 헤매는 시어머님을 초·중생인 아들 형제에게 맡겨두고 남편을 졸라 물 구경을 나갔다. 때마침 큰

비가 내려 산속의 작은 호수에도 물이 넘치고 있었다. 수로를 타고 미끄러지는 물줄기는 내 가슴속의 봇물이 터지기라도 한 듯 시원스레 흘렀다. 그 물줄기에 시어머님의 인생 여정이 흐르고, 그분과 함께해 온 내 삶이 흐른다. 날개를 접고 울어대는 매미소리가 화음(和音)처럼 어우러진다.

소화기질환으로 암수술을 받으신 시어머님에게는 아들 다섯, 며느리 다섯이 있다. 그리고 딸 사위도 있다. 허나 그분이 맘을 터놓는 곳은 정해져 있어서 셋째인 내가 시어머님의 병수발을 들게 되었다. 함께하는 병원 생활이 길어져 갈수록, 또 그분의 의중을 헤아리면 헤아릴수록 나는 세월을 껑충 건너 70 넘은 노인의 친구가 되어갔다. 시어머님 인생의 무게가 40대 초반의 내 어깨에 얹혀, 그 육중함을 어쩌지 못해 흔들리기도 하였다. 차도가 좀 있으신가 싶으면 다시 까라지고, 정신적 여유를 찾으시나 싶으면 이내 삶에 대한 회한으로 몸부림을 치신다. 온몸으로 끌어안고 계신 삶의 편린들을 그만 내려놓으라 하지만, 노인의 고집이란 그런 것인지 좀체 수그러들질 않는다. 고통스러워하는 배를 문질러드리다가는 내 설움에 겨워 몰래 울기도 하였다.

아이들이 보다 어릴 때, 전세금마저 남편의 사업자금에 보태고 시골집에 들어가 산 적이 있다. 이때가 아니면 또 언제 내 아이들에게 시골정서를 심어줄까 싶어, 농촌 생활에 푹 젖어 살았다. 그런데 큰물 지던 날, 서른두 살 새댁이었던 내 손에 인분(人糞) 바가지가 들려졌다. 마을가셨나 했던 시어머님이 손잡이가 긴 바가지를 빌려와 쥐여주고는, 당신은 초롱을 매단 지게를 지고 우뚝 서 계셨다. 아들이 다섯이나 되는 집에서 며느리인 내게 무슨 일을 시키시는지를 알면서도 불시에 내려진 명령에 따를 수밖에 없었다. 그런 일은 남자들이나 하는 것으로 알아온 터이니 내심 놀랐지만, 시어머님의 고된 삶을 생각하며 맘을 다졌다. 그 옛날 물지게를 지고 저렇듯 걸었을까. 뒤뚱뒤뚱 걷는 시어머님 모습에서 그분의 살아온 날들이 읽혀졌다. 시아버님께서 몸이 약해 손수 궂은일을 도맡았다는 분이다. 이와 같이 시어머님을 이해하다 보니, 사람 불러서 하자는 말이 목구멍까지 나왔지만 꿀꺽 삼켰다. 그렇게 하여 시어머님과 나는, 큰일 한 가지를 해내기에 이르렀다.

누구에게 들킬세라 조바심하면서도 장장 세 시간이 넘게 그 일을 하고는, 산후로 약해진 관절이 말썽을 부려 밤새 잠을 이룰 수가 없었다. 야속함 반 연민 반으로 시어머님의 허리를 찜질해 드리는데, 어깨에 난 지게 멜빵 자국이 너무나도 선명했다. 전등 아래로 드러난 벌건 상처를 보면서, 바쁘다는 구실로 어머님의 일상을 살피지 못하는 남편이 원망스러웠다. 그리고 내 아픔 따위는 젊다는 사실만으로 위안 삼았다.

이제껏 그 일은 우리 고부만이 아는 일이지만, 장마철이면 한 차례씩 되살아나곤 한다. 그 날의 앙금을 씻어내려는 것인지 큰물 질 때면 무시로 물 구경을 나간다. 그런데 내가 물소리를 찾아다니는 것은 어제오늘의 일이 아니다. 어렸을 때는 명산의 물줄기를 보며 자랐다. 계룡산 상봉인 '천왕봉'에서부터 푸른 바위벽을 타고 흐르는 물은 은빛 장관이었다. 그리고 뒷산 정상에서 흘러내리는 폭포수는 산울타리 안의 사람들 가슴을 시원히 적셔주었다. 그 물줄기가 마을을 가로지를 때면, 내 마음도 드넓은 곳을 향해 유유히 흘러갔다. 이렇듯 여름 한철을 흐르는 물소리와 벗 삼아 지내는 나는 마음 맞는 사람의 웃음소리만큼이나, 굽이치는 물소리에 맘을 기댄다.

다시 이야기를 돌려, 호수를 감싼 주변의 수목들이 검푸르게 다가온다. 자질구레한 들꽃들은 작은 빗방울에도 오슬오슬 몸을 떤다. 그런데 참으로 기이한 꽃이 눈에 들어왔다. 잡풀을 휘어 감고 아까시나무 끝까지 기어올라 함초롬하게 피어있는 진보랏빛 색채. 그것은 마치, 좋은 시절 다 보낸 어머니들의 젖가슴처럼 시들해져 있었다. —칡꽃이었다. 땅속 깊이 뿌리를 묻고 무엇이든 휘감아 둥글려야 하는 칡덩굴에도 저렇듯 고운 꽃이 피다니…. 순간, 감당 못할 슬픔 같은 것이 솟구쳤다. 그동안 한 번쯤은 보았음직도 한데 그 추리해진 칡꽃 앞에서 마음이 정지되는 것 같았다. 외로운 길을 걸어온 사람들의 가슴속 멍울처럼 아리게, 또 고된 역경을 견디어낸 사람들의 생명줄처럼 장하게 가슴을 울려댔다.

애써 맘을 다독이고 돌아서는데 초췌한 칡꽃이 우리 부부의 발길을 잡는다. 이내 떨어져 내릴 듯이 애처롭다. 대롱 끝에 매달린 물방울은, 막다른 길목에 몰린 이들에게 남겨진 생의 마지막 수액일까. 아니면 지나온 삶에 대한 회한의 눈물일까.

(2002. 8.)

chapter 2

마른 꽃 벙그는 소리

마른 꽃 벙그는 소리

소품바구니 안의 물건들이 나와 함께 여러 해를 지냈다. 아기 손톱만 한 조약돌에서부터 장아찌도 눌러댈 정도의 묵직한 돌까지 그득하다. 거기에 뒤섞여있는 자잘한 열매들. 솔방울, 고욤, 상수리 등이 제멋대로 말라 있다. 처음 내 손이 닿을 때에야 그중 빼어나서 걸려들었겠지만, 그것들은 이미 저희들의 본처(本處)를 잃고 내 바구니 안에서 은둔생활에 들어간 것이다. 돌들은 물비린내를 잃었고, 열매들도 씨앗이기를 일찌감치 포기한 듯 보였다.

그런데 그 해묵은 것들이 입을 열었다. 늦가을 한 꿰미에 매달린 삼각뿔 모양이 신기하여 경기도 용문산 뒷자락에서 움켜왔던 꽃 한 송아리. 그것들이 벙긋벙긋 하얀 속을 열어 잠자리 날개 같은 씨앗을 드러낸다. 어찌나 악다물고 있는지 좀처럼 열릴 것 같지 않았는데, 몇 년이 지난 지금 탁 탁 소리를 내며 벙글고 있다. 식구들이 빠져나간 고요한 시각에 여물어 터지는 소리. 씨앗들의 반란이다. 세월을 거스르는 소리다. 입춘이 지났음을 알기라도 하는 걸까. 하지만 콩이며 볍씨도 해묵은 씨앗은 쓸모가 없다는데 이것들은 어쩌자는 것인가.

자연으로 돌아가고픈 본성의 소리. 그 앞에서 나는 무기력해진다. 열매 하나 씨 하나가 내 울안에서 갇혀 지냈구나 싶다. 갑자기 그것들에게 미안한 생각이 든다. 지나는 길에라도 좀 인상적이다 싶은 것을 만나면, 그 흔적을 붙들고픈 미련에서 냅다 후리어오지 않았던가. 넌지시 지나칠 줄 몰랐던 어리석음이 강물처럼 밀려온다. 선인들의 유적을 찾아다닌 지가 10여 년인데 그간에 내 손버릇은 멈추어지질 않았다. 심지어 가진 것마저 비우고 오라는 절간에서, 그것도 개심사(開心寺) 뜨락에서조차 나뭇잎 두 장을 수첩 갈피에 넣어왔으니…. 30년 전에 채취한 고향마을의 해당화 꽃잎은, 잃어버린 그 마을의 뿌리라도 되는 양 나를 버젓이 지켜보고 있다.

그러고 보면 나는 이 사물 하나하나가 머물던 자리에 대한 집착으로, 제3의 흔적을 틀어쥔 채 전전긍긍했나 보다. 그 원뿌리에 대한 집착이 다른 대상들을 옴짝달싹 못하게 했다는 깨침의 소리를 만난다. 현장에서 느꼈으면 되었지 뭘 이리도 끌어안고 견디어야 했던 걸까.

그것들은 나와 눈을 맞추는 동안 새롭게 형상화되어 세상을 만났다. 안에서 고이 잠든 것이 있는가 하면, 내가 쓰는 글에서 생명을 얻어 세상으로 나아갔고, 또 거기서 만난 독자들에게 애초 그것들이 머물던 곳의 향기를 불어넣어 지친 영혼을 헹구어주기도 했다.

하지만 이젠 놓아주어야겠다. 저렇듯 묵은 것이 심사를 건

드렸는데, 어찌 내 욕심에 연연해 움켜쥐고만 있으랴. 사는 것에 시시로 공허감을 느낄 때면 자연은 그냥 자연이라는 생각이 든다. 그런 것을 사람들이 붙들고 자신의 심정을 얹어 말하고 있다. 그 근본을 따져보면 자연이 곧 사람을 말하는 격이 된다.

사람은 애초 열린 공간을 원하는 마음으로 자연을 찾는다. 그 길에서 디뎌본 곳에 대한 애착으로 물증을 탐내는 버릇도 싹튼다. 여행지에서 이런저런 기념품을 사 모으는 사람들은 나름대로 그것에 의미를 두는 것이다. 반면 나는, 여행 중에 만난 단상을 놓치지 않으려고 그것에 도움이 될 만한 자료를 끌어안고 버티어 왔다. 그것이 벽 중에도 괴벽(怪癖)이 되었다. 이 돌은 어느 계곡에서, 또 이것은 누구와 동행했을 때 등의 의미를 붙여 가까이 두려 했다. 그간에 내가 눈을 맞춰 온 각종 소품들은 바로 그런 결과물인 셈이다. 이러한 내 행위가 또 다른 가둠의 시작이었다는 것을 이제야 어렴풋이 알 것 같다. 욕망이 또 다른 욕망을 불러 스스로를 가두는 것이나 무엇이 다르랴.

따스한 날을 보아 그것들의 자리로 돌려보내는 의식이라도 치러주어야 할까 보다. 곳곳에서 가져온 솔방울 몇 개는 앞산에 던져두고, 정성스레 받아두었던 들풀 씨앗 몇 알도 논밭 둔덕 양지쪽에 묻어주고, 변산반도에서 주워온 돌멩이 몇 개는 가까운 개울가에라도 놓아두고 와야겠다. 각자 제 놀 자리에서 놀고, 제 살 자리에서 살게끔 자리를 찾아주어야겠다.

아무리 하잘것없는 작은 씨앗에도 제 나름의 꿈이 있었을 터, 해묵은 각질을 터트리며 닫힌 감각을 열어젖히는 엄숙한 의식 앞에 나는 맥을 못 춘다. 참고 참았던 저 작은 외침에 그만, 두근거리는 가슴만 여미고 섰다. —이것이 어디 마른 열매의 요동뿐이랴.

(2004. 2.)

눈 내리는 날의 삽화

기후에 민감한 것이 사람 마음이지만 눈 내리는 날처럼 짙은 서정에 잠기는 경우가 또 있을까. 그것도 새해 첫날에 내리는 눈은 '서설(瑞雪)'이라 하여, 상서로운 기운을 느끼게 한다.

이십여 년 전, 그해 첫날에도 함박눈이 내렸다. 서울에서 직장생활을 하던 나는 모처럼의 연휴를 맞아 귀성(歸省)길에 나섰는데, 당일 차표를 구하지 못해 애를 먹었다. 우왕좌왕하며 기차역과 버스터미널을 헤맨 끝에야 가까스로 대전행 버스에 몸을 실었다. 그리고는 교통편을 해결했다는 안도감에 빠져들었다. 차창 밖 풍경에 도취 되어 시간 가는 줄도 몰랐다. 천안을 알리는 푯말이 눈에 들어오는데, 버스가 속력을 못 내는 것으로 보아 대전까지는 오래 걸릴 모양이었다.

무려 일곱 시간 만에 도착한 대전엔 이미 땅거미가 드리워지고 있었다. 거기서 다시 버스를 갈아타고 시골 정류소에 내리니, 발목을 덮는 눈길만이 어둠 속에 펼쳐졌다. 밝은 날에 걸어도 실히 사십 분은 되는 거리를 어떻게 헤쳐가야 할지 암담했다. 그때서야 나는 진작 되돌리지 못한 발걸음이 후회되었다.

그런데 사람이 죽으란 법은 없나 보다. 내 사정을 알아본

생면부지의 사람이 앞을 향해 냅다 소리쳤다.

"거기 누구, 안터까지 가는 분 계시우?"

"예~" 하는 소리와 함께, 훤칠한 키의 한 남성이 눈길을 허우적거리며 되짚어왔다. 나와 한동네에 살다가 정류소 가까운 마을로 이사한 서너 살 위의 청년이었다. 그는 놀라는 기색도 없이 앞장서서 걷기 시작했다.

얼마나 걸었을까. 평지를 벗어나자 길은 더욱 험했다. 그때 저만치 앞서 걷는 그림자가 인기척을 보내왔다. 헛기침 소리만으로도 우리 마을의 방앗간 집 어른이란 걸 알 수 있었다. 소달구지를 몰고 그 일대의 볏가마니를 실어 나르던 노인이다.

어둠 속에서 만난 세 사람은 서로의 얼굴이 보이지도 않는 길에서 인사를 나누었다. 희다 못해 푸른 눈길을 발이 시린 줄도 모르고 걸었다. 앞서 걷는 어른은 두루마기자락이 눈밭에 끌리는데도, 길이 험하니 당신이 내는 발자국만 따라오라고 하였다. 나는 그분의 뒤를 따르고, 청년은 내 뒤를 따랐다. 청년이 사는 마을은 등 뒤로 가물가물 멀어져 가는데…. 간간이 들리는 헛기침 소리만이 그 밤의 정적을 깨고 있었다.

그 후 오랜 세월이 지났어도, 그해 눈 내리던 날의 이야기는 지울 수 없는 한 폭의 그림이 된다. 훗날 내가 그 방앗간 집 어른만큼 노인이 되었을 때, 나도 과연 누군가를 향해서 내 발자국만 따라오라고 당당히 말할 수 있을까를 생각해보게 한다.

(2002. 5.)

토우(土偶), 그 상징과 해학

그곳에 가면 있다고 했다. 지하철 신림역 사거리에서 난곡 방향으로 쭉 걸어가면 ㅎ박물관이 나오고, 그 안엔 오리며 원숭이 등 흙으로 빚은 형상들이 즐비하다 했다. 그중에도 악기를 연주하며 노래하는 남녀상이 볼만하다고 여기저기 보도되고 있었다.

마침 작은아이의 방학과제에 박물관 견학이 들어있어서, 나는 위의 물증을 찾아 나섰다. 초등학교 5학년이던 아이와 장맛비 속을 헤치고 물어물어 찾아간 길. 거기에는 분명 내 기대를 충족시킬만한 것이 있으리라 여겼다.

박물관에 들어서자마자 아이는 전시용품 사이를 두리번거리기 시작했다. 번듯번듯한 공예품은 관심 밖이고, 내게서 전해 들은 손가락만 한 흙인형을 찾는 것이다. 그러다가 한참만에 “겨우 이거?” 하는 반응이 나왔다. 아이가 가리킨 곳엔 노래하는 여인상과 악기를 연주하는 남성상이 다정스레 서 있었다. 두 손을 가슴높이로 모아 잡고 고개를 살며시 젖혀 노래하는 여인의 모습이 사뭇 진지했다. 그 옆의 남성 역시 흥겨운 모습으로 현악기의 줄을 뜯고 있었다. 아이의 눈엔 이 작은 형상들이 하잘것없는 흙덩이 정도로나 보였던가 보다. 나도 아이 앞에 내색은 않았지만 자못 헛헛한 마음이 되어 발길을 돌렸다.

토우와의 인연은 6년 전으로, "신라 土偶, 그 뜨겁고 대담한 性"이란 일간지 기사를 접하며 시작되었다. 대문짝만한 머리기사도 압권이었지만 '5, 6세기의 신라인이 빚은 흙인형'이란 대목에서 나는 껌뻑하였다. 전면에 실린 다섯 컷의 사진은 경이로움을 떠나 한마디로 해학 덩어리였다.

토우 장식 항아리는 국보로 지정되었는데, 그것들 하나하나가 남과 여를 나타낸다. 과장된 표현이나 과감한 생략에서 그 시대 사람들의 해학과 여유를 읽게 된다. 어느 흙인형은 서로 부둥켜안고 아예 사랑을 나눈다. 숨길 것도 가릴 것도 없는 드러냄의 해학미. 손가락만 한 흙덩이에 어쩌면 저리도 예리하게 삶의 핵을 밀착시킬 수 있었던 것일까. 상대방의 몸통을 감싼 두 사람의 팔에서 불뚝불뚝한 힘줄이 느껴진다. 아울러 그것을 빚은 이들의 심적 색채를 헤아리게도 한다.

기껏 4센티에서 7센티가 되는 흙사람(?)들. 그래, 흙사람이다. 그토록 오랜 세월이 흘렀어도 이렇듯 꿈틀대는 생명력으로 현대인의 가슴을 적시는 저 보물들은 흙사람이라 칭하는 것이 더 어울릴 성싶다. 그 작은 창작품 안엔 사람살이의 원초적인 모습이 그득 담겨있지 않은가.

이쯤 되고 보니 토우에 대한 관심이 높아만 갔다. 어디서 그 말만 들어도 귀가 번쩍 트었다. 그러던 중 한 사립박물관에서 토우와의 첫 상견이 이루어진 것이다. 사람형상은 두 점뿐이었지만, 그것들은 내가 처음으로 만난 토우의 실체였다.

토우는 애초 장난감으로 만들기 시작했을 거라는 설이 있다. 그러던 것이 곡물의 종자를 담아두는 것에서부터 다산 등의 풍요를 기원하는 주술적 상징으로까지 자리 잡게 되었는데, 나중에는 죽은 자의 부장품(副葬品)으로도 이용되었다고 한다. 사후에도 영생을 믿어 껴묻는 형태. 당시에는 이러한 일들이 얼마나 숭고한 의식이었을까. 글을 좋아한 사람에게는 붓과 연적을 넣어줬을 것이고, 동물을 사랑한 사람에게는 동물형상을 넣어줬을 것이며, 행여 못다 이룬 사랑이 있는 이에겐 그 맺힌 마음을 풀어주고자 부둥켜안은 사람형상을 넣어준 것이 아닐는지.

이러한 풍습은 우리의 선조들 뿐 아니라 중국에서도 성행했던 모양이다. 삼국지 유물전을 관람한 적이 있는데, 내 눈길은 유명한 장수들의 공적보다도 동한시대(25~220년)에 만들어졌다는 토우에 머물렀다. 도르래가 달린 우물형상부터 윗사람을 알현하는 궤알(跪謁) 토우, 그리고 부를 기원하는 돼지 토우도 있었다. 중국의 토우는 그네들의 넓은 땅덩이를 상징하듯 우리의 것보다 월등히 컸다. 어느 것은 어린아이 몸집만이나 한데 배가 볼록하기도 했다.

이 중에서도 만담하고 노래하는 설창(說唱) 토우가 매우 인상적이었다. 두루뭉술한 중국 사람이 왼손엔 북을 들고 오른발을 번쩍 들어 한껏 흥이 올라있음을 나타낸다. 벙긋한 입에 실눈을 뜨고 이마엔 두 개의 뿔이 돋아있다. 한바탕 북을 내리치려는 기세로 오른손을 치뻗어 힘을 모으고 있는 게, 바라만 보아도 웃음이 나온다.

그런데 그렇게도 벼르던 구경을 웬만큼 하고 나니 불현듯 마음 한구석에 쓸쓸함이 자리 잡는다. 현존하는 토우 대부분이 영생의 제물로 바쳐졌던 물건이라는 점에 생각이 미친다. 숱한 풍상을 거치고 세상에 나온 이 물증들이야말로 진정한 영생을 얻은 게 아닐까. 현세의 사람들에게 해학으로 다가와 영혼을 어루만지니 말이다. 그 껴묻기 형태로 무엇인가를 넣어주어 망자에게 위로가 된다면 나도 미리미리 염두에 두어야 할 것 같다. 가까운 사람들의 부장품은 젖혀두고라도 내 무덤엔 무얼 가져가야 외로움이 덜할지 골몰해볼 일이다.

만약 내게 손재주가 붙어 토우를 만든다면, 여인의 마음을 읽을 줄 아는 따스한 눈빛의 헌헌장부(軒軒丈夫) 하나 빚고 싶다. 그러고는 이다음 피할 수 없는 그 날에, 무덤 속 내 곁에 '떡' 하니 뉘이고 싶다.

(2004. 8.)

상상의 곳간

쾌적하다. 아직 서까래의 붉은 색감도 그대로이고, 상량식(上梁式) 때 써 올렸을 법한 문구도 선명하다. 이 천장 아래에서 정을 나누고 아귀다툼하며 살다가 시부모님이 다 떠나셨다 생각하니 발길이 쉬 떼어지질 않는다. 다시 대청마루에 올라가 길게 누워본다. 찬 기운이 등을 파고든다. 이 집에, 저 투박한 흙벽에, 나와 아이들의 숨결도 배었다는 생각에 조용히 눈을 감는다. 머잖아 나는 이곳에 걸음하지 못할 것이다. 이미 처분하기로 되어있어서 대문턱을 마음 놓고 넘을 수 없게 된다.

친정아버지 돌아가시고 나서도 친정집을 내놓을까 하는 말이 잠시 돌았다. 새 땅에 새집을 짓겠다는 오빠의 말에 나는 고향 집마저 지키지 못한 설움이 북받쳐 그 집을 내게 넘기라 했다. 한때 웃음으로 지나간 일이지만 내겐 그럴만한 이유가 있다.

그동안 빈집과 빈터를 무수히도 찾아다녔다. 문인들의 흔적을 찾아 생가 방문을 꽤 해온 편이다. 가옥이 남아있으면 더없이 반갑고, 생가로 알려진 터에 말뚝 하나만 꽂혀있어도 멀리서부터 가슴이 뛰었다.

경기도 남양에 있는 홍난파 선생의 생가는 양지바른 쪽의 아늑한 초가이다. 나지막한 사립문을 열고 들어서면 안채와 건넌 채가 서로 닿을 듯하다. 선생은 이곳에서 댓잎 비비는 소리를 들으며, 먼바다 서해를 그려보았지 싶다. 가만히 뜰을 거닐어도 선생이 생전에 남기신 '나의 살던 고향'이 흥얼흥얼 새나온다. 지붕이며 울타리는 재현해놓은 것이어서 옛 모습 그대로는 아니지만, 선생이 이곳에 앉아 시를 짓고 뒤란의 대숲과 벗했겠구나 하는 추측을 해볼 수가 있었다. 동산에 산꽃이 피고 들녘에 복숭아꽃 살구꽃이 피어 심금을 울렸을 법한 주변 풍광…. 그때 선생의 가슴에 불어 닥쳤을 심상을 그려보았다. 분명 훈풍이었을 것이다. 꽃 향 진동하는 외딴집에서 자연스레 노랫말을 지어 읊조렸으리라. 내가 그곳을 방문했을 때는 매서운 바람 몰아치는 한겨울이었다. 하지만 익숙한 글귀에 젖어든 가슴은 봄날이 되어, 붓끝을 곧추세우며 글의 날을 벼리었다.

이처럼 문인들이 기거하던 곳을 찾아 미미한 자취에서라도 숨결을 느끼는 것은, 직접 만나지 못하는 분들과의 간접 교감이다. 그러면서 글 쓸 용기를 내고 문인의 자세를 갖춘다. 즉, 비었으되 비지 않은 곳에서 알곡의 곳간을 만나 가슴을 풍요롭게 채우는 것이다. 비어있어 더 여유로운 상상의 세계 말이다.

그러다 보니 알게 모르게 풍류에 젖고, 약간의 사치에 물도 들었던가 보다. 나도 명색이 글을 쓰는 사람인데 훗날 누군가가 내 흔적을 찾아 나서는 행운이 온다면, 그들에게 무엇을 보여줄 것인가 짚어보게도 된다. 다행히 작품이 남는다면 후세사람들의 관심을 1차적으로 사는 것일 테고, 다음은 고향인데 그게 문제다. 나서 17년을 살고 객지에 나왔으니, 내 머릿속에는 항상 꽃피는 산골이 자리 잡고 있다. 그러한 곳을 군사기지에 내어주고 스물다섯에 공주의 한 시골 마을로 이사를 했다. 그러니 다시 터를 잡은 곳이 자연스레 제2의 고향이 된 것이다. 그런 집을 '팔까?' 하는 오빠의 제안에, 나는 친정어머니를 부추겨 꼭 그럴 의향이면 내게 넘기라 했던 것. 아주 영역밖에 있는 것보다야 그렇게 잡아두기라도 하면 조금은 위안이 될까 싶어서였다.

오래전 선배 문인으로부터 일본 다녀온 이야기를 들은 적이 있는데, 유명 작가가 잠시 기거하며 글을 쓰던 장소에 푯말이 세워져 있더라 하였다. 문학의 배경 장소로, 아니면 작가의 기운이 붙었던 곳으로 보여줄 거리가 충분했던 모양이다. 국내 작가들을 살펴보면 ≪상록수≫로 잘 알려진 심훈 선생의 '필경사'도 글 농사를 짓던 곳이고, 어느 유명 화가가 머물렀다는 절간의 요사체도 그렇기는 마찬가지다. 그리고 수차례 찾아가도 물리지 않는 봉평 땅의 물레방앗간은, 문전에 서기만 해도 피식피식 웃음이 터진다. 문장으로 나타난 이효석 선생의 〈메밀꽃 필 무렵〉이 몇 곱의 새끼를 쳐서 우우우 달려든다. 그만큼 작가의 혼이 투영된 장(場)은 높은 가치가 부여된다. 당시의 작품세계를 나타내는 데 있어 비중이 크기에 세간의 관심을 사는 것이리라.

그러니 지금의 내가 집필하는 곳은 아파트 11층이어서 이곳에 말뚝을 세울 수도 없는 일, 물길 따라 찾아가는 맛이라도 즐길 수 있는 금강 상류 지역의 촌락을 보여줄 거리로 삼아볼까 한 것이다. 한데 그것도 욕심이라고, 집을 지키는 오빠가 씩 웃더니 안 팔겠단다. 아마도 프리미엄을 붙일 요량인가보다. 순박하게 과수 농사나 짓는 오빠의 속셈은 알 수 없는 일이고, 어설픈 이 욕심쟁이는 그저 군말 없이 글 빛이나 닦는 수밖에.

그러다 보면 혹시 아는가. 이다음 내 존재가 흙먼지로 흩어진 뒤에, 나 드물게 오가던 집이 정말로 텅텅 비게 될지. 기우뚱한 서까래 아래 '김 아무개의 친정'이란 현판이 울퉁불퉁 내어 걸려, 그것도 흔적이라고 무수한 상상의 곳간 구실을 할지. 이왕 그럴 바엔 문턱이 반질반질 닳아졌으면 좋겠다.

(2006. 2.)

존재의 빛깔

반투명한 창을 열자 사각 액자 속 풍경이 와락 달려든다. 통유리 틀 저편에서 유유한 산의 몸짓. 사계의 흐름 따라 변화하는 그림이다. 연록에 넋이 빠져 하루가 기울고, 희붉은 제철 꽃에 가슴 저민 게 몇 해던가.

헌데 그 산이 지금 잘려 나가고 있다. 자연 액자요, 자연 병풍이던 앞산 능선이 댕강 잘려 길이 날 모양이다. 야밤에도 이른 새벽에도, 중장비 몇 대가 느릿느릿 움직인다. 매우 침착한 동작이다. 포클레인이 앞장서서 연방 고갯짓을 하고, 궁둥이를 위쪽으로 바짝 들이민 덤프트럭은 45도 이상의 각도로 대기 중이다. 엉거주춤한 품새가, 미끄러지지나 않을까 하는 연민을 불러일으킨다.

잔설이 깔린 나무 사이로 이미 황토가 드러났다. 표면을 푹푹 찍어 선을 긋고 원래의 것을 깎아내리는 저 몰인정한 풍경. 그 장면을 지켜보는 가슴이 형용할 수 없이 휑해진다. 이제 곧 앞산의 종전 모습은 뒤안길로 사라지고 말 것이다. 내 아이들과 올랐고, 글공부하는 학생들과 철 따라 오르내리며 꽃놀이를 즐기던 낭만어린 곳. 그 능선 하나가 자취를 감추게 되었다.

세상엔 애초의 것이 얼마나 존재할까. 그것은 자칫 사람을 편협하게 하는 위험요인을 안고 있기도 하다. 한 가풍에서부터 정치풍토에 이르기까지 지나간 것이면 그저 케케묵은 것으로 치부하는 예가 비일비재하다. 그런데 애초에 존재한 이 빛깔은 사람과 사람 사이의 끈으로 작용한다. 이런저런 이유로 소원해진 사람들 간에도 '우리는 원래 막역한 사이였지' 하는 이해가 따르는 순간, 서운한 감정들이 한낱 물거품으로 녹는다.

근원이란 도대체 무엇일까. 매사 흐르고 흘러 변화하는 속에서 고정불변의 원형이 있기나 한 것일까. 우리는 변화의 물결을 타고 흐른다. 다만 그 폭이 크고 작을 뿐이다. 급격한 변화는 한눈에 알아볼 수 있어 당황하기도 하고, 반가워 장단을 맞추기도 한다. 반면 미세한 변화 앞에서는 그 파장이 크지 않아 보슬비에 옷 젖듯 익숙해져간다. 한데도 사람들은 툭하면 "그것이 본시…" 하면서 말꼬리를 잡고 대응하기를 즐긴다. 아니, 자신도 모르게 "그 사람이 원래는…' 하며 목에 힘을 주게 된다. 그러나 이런 난문제는 수학 공식을 들이댄다 하여 답이 나오는 것은 아니다.

나는 종종 존재와 비존재에 대해 생각해보게 된다. 눈에 보이는 것과 보이지 않는 것. 즉 유형과 무형의 가치. 그리고 그 빛깔. 그것도 세세한 교감으로 존속하는 사람들 관계에 있어서이랴.

특히 남과 여가 공존하는 정신적 세계는 무한대이다. 이성의 존재는 그 어느 것과도 비교되지 않는 빛이다. 그 빛깔은 자연의 변화 따라 갖갖의 색감으로 일렁인다. 상대방이 곧 자연현상에 이입되어 서로를 동화시키는 까닭이다. 그래서 사랑에 눈이 멀면 구속을 원하기도 하는 것이다. 그건 유형의 지배라기보다 무형의 지배이다. 존재의 빛깔에 에워싸이는 것은 평이한 대상에게선 절대로 일어나지 않는다. 그러므로 그 기이한 기운이 감돌 때는 보물 중의 보물로 가슴에 쟁여야 한다. 아울러 그것은 고이 여미고 내보이지 않을 때 더욱 빛을 발하는 참으로 묘한 것이다.

사람과 사람, 그 무한한 세계에서 지배를 꾀하는 게 만만한 일은 아니다. 그런데도 우리들은 늘 누군가의 그늘을 그리워한다. 다른 말로 관리를 요한다. 어딘가에 나를 지켜보는 사람이 있다는 데서 힘을 받고, 나 역시 그러한 존재로 서 있을 때 세상은 아름답게 빛나지 않던가. 그건 어느 것과도 바꿀 수 없는 고유의 위안이다.

언젠가 소령원을 돌아보며 한 나라의 왕을 품었던 여인에게 매료된 일이 있다. 영조대왕의 어머니 숙빈 최씨다. 장희빈 사건 등의 당쟁 속에서 혹독히 외로움을 겪던 숙종 임금을 가만가만 보듬던 넉넉한 여인. 한 나라의 임금이라 해도 가끔은 어린아이같이 무너져 내리는 가슴을 주체하기 어려웠으리라. 그럴 때 포근히 감싸주던 숙빈 최씨. 최 무수리로도 알려져 있지만, 그 품은 한 임금에게 있어 거대한 우주였으리라.

마침 묘역을 둘러싸고 있는 전나무 울타리가 외로운 세상 서로 안고 가던 두 사람의 정신적 공간으로 다가와, 나는 그 앞에서 한참을 서성였다.

자신도 모르게 물들어가는 타성의 위력. 그것이 곧잘 사람을 어리둥절하게 한다. 최근 들어 소속 단체의 문예잡지가 낯설어졌는데, 그 이유는 책의 스타일이 대폭 바뀐 데에 있다. 시대의 변화 따라 수필도 새롭게 쓰자는 목소리가 높은 마당에, 책의 스타일 변화 정도에 뭐 그리 정색할 일이겠는가. 고약스런 심술쟁이처럼 구는 내가 못나 보일 수밖에. 그러나 아무리 마음을 돌려먹으려 해도 그것이 이미 낯설지 않은 것이어서 오히려 낯선 인상을 지우기가 어렵다.

아무려나 지금 서 있는 자리가 진행이며, 끝이며, 다시 시작이다. 늘 제자리에서 의식의 닻을 올리고 다시 내린다. 매번 현재의 위치에서 끝을 내고 시작을 하는 모순의 반복. 아이러니하게도 기막힌 용단이다. 이 아름다운 순환이 세상을 굴린다. 그 존재 여부를 아는 사람은 다 안다.

우리 동네 앞산은 곧 새로운 세계를 선보일 것이다.

(2006. 2.)

오르지 못할 나무

길을 가다가도 잘생긴 나무에 반한다. 오르고 싶은 충동에 목을 주억거리며 높이를 재어본다. 그러다 보면 어느 사이, 내가 저만치 윗가지에 올라앉아 여유를 부리는 것 같기도 하다.

"오르지 못할 나무는 쳐다보지도 말아라!"

이 말은 사춘기에 들어선 내게 어머니께서 즐겨 쓰던 말이다. 얼마나 들었는지 귀에 못이 박힐 지경이었다. 하지만 나는 '저 정도면 몇 걸음에 오르겠지.', '저 나무는 밑동이 너무 굵어서 안되겠어' 하는 정도를 가늠할 줄 안다. 어렸을 적 나무에 올라보았기 때문이다. 여성이 나무를 탔다니 의아해할 일이나, 남동생들과 어울려 자란 덕에 맛본 현상이다. 밤나무나 은행나무에도 올라보았지만, 감나무의 표피는 매끄럽지 않아 딛고 올라서기에 비교적 안정적이었다. 그래서 울안의 감나무에 자주 오르내리며 매미도 잡고, 목청껏 노래도 불렀다. 그러다 운이 좋으면 새빨간 홍시도 따먹을 수 있었다.

이처럼 나무 타기를 즐기던 나는, 오르는 나무에 스스로 접목되곤 하였다. 그래서 그 나무가 자라면 내 꿈도 덩달아 자란다고 생각했다. 목표지점까지 올랐을 때 몸을 휘감는 전율이란 그 어느 것과도 비교가 안 되었다. 나무에 오르는 쾌감은 바로 그런 것이었다. 그 맛을 아는 탓에 어머니의 나무에 대한 강론을 무조건 순응하기가 어려웠다.

오르지 못할 나무에 대한 해석은 자기 분수를 알고 처신하자는 뜻이 강하다는 걸 안다. 그러나 어떤 일을 해보지도 않고 지레 포기하는 경우처럼 안타까운 일은 없다. 무모한 모험은 미리 헤아려 삼가야겠지만, 나는 결정적인 기로에 섰을 때 수없이 예의 그 나무를 떠올리며 나를 눌러야만 했다. 학업에 대한 열망이나, 너른 세계로의 동경, 그리고 청년기에 겪었던 사랑에 대한 열병 등은 모두가 그 오르지 못할 나무와 연관되어 있었다. 저벅저벅 올라가면 못 오를 일도 아니건만 어머니는 매정할 정도로 내게 단호하셨다.

오래전, 첫 수필집을 엮을 때의 일이다. 모촌 선생은 내 원고 뭉치를 들고 두 눈을 꼬옥 감으셨다. 그러고는 한 마디 물어볼 게 있다 하셨다.

“어떻게, 이러한 역경 속에서도 글 쓸 생각을 하며 살아왔는가? 난 그게 궁금해.”

실로 정곡을 찌르는 말씀이었다. 이제껏 그 누구도 그걸 물어오지 않았고, 나 역시 그 부분에 대해 생각해보지 않았던 일이다. 글을 왜 쓰는가? 또 어떠한 글을 쓸 것인가에 대해서는 수없이 자문했지만, 내가 꼭 글을 써야 할 사람인가 하는 자질 문제는 따져볼 여지가 없었다. 그 정도로 뜻한 바를 향해 달려오기에 여념이 없었다고나 할까. 그러던 중 느닷없는 스승의 하문(下問)을 받아, 내면에 깔려있던 그 무엇이 뜨겁게 솟구치는 걸 느꼈다. 핏줄 앞에서도 내비치지 않았던 말들이 그렇게 켜를 이루었을 줄이야.

처음으로 그 육중한 말문이 열리는 순간이었다. 바다의 괴물로 통하는 용오름이 해저바닥을 헤집듯이, 40년 가까이 응축시켜온 삭지 않은 기운들이 펄떡펄떡 살아 일어서고 있었다. 그건 굽이굽이 돌아온 세월에 대한 안타까움이고, 가난했던 역사에 대한 반발이며, 또 그렇게 순응하며 살지 않으면 안 되었던 개인의 운명에 대한 회한 같은 것이었다. 작은 몸뚱이로 끌어안고 있는 삶의 편린들이 포화상태였다. 그러면서도 정작, 내가 글을 써야 할 사람인가에 대해 의심을 품어보지 않은 점이 스스로도 의아했다. 다른 한편으로는 대견했다.

걸어오는 동안, 수중의 것을 다 버린다 해도 이 기운만은 놓을 수 없다고 속으로 얼마나 울부짖었는지 모른다. 그건 자존심이었다. 현실의 악조건을 뛰어넘어 영혼을 걸러내는 작업은 온전한 나만의 보물이었던 것이다. 그것만은 세상의 그 어떤 훼방꾼이라 해도 침범할 수 없는 고유의 영역이었다. 그러한 것을 어떻게 한마디로 요약할 수 있으랴.

토하는 듯한 내 음폭엔 이미 가는 떨림이 묻어있었다.

"방금 선생님 말씀을 듣고 저도 처음 생각해봤는데요, 제가 글을 쓰지 않고도 살 수 있는 사람이란 생각을 한 번도 해보지 않은 점이 스스로도 신기합니다.”

그러자 선생은 안면 가득 미소를 띠며 목소리에 힘을 얹으셨다.

“아, 글을 쓰게끔 되어있는 사람이 안 쓰고 사느라고 얼마나 힘들었어!”

순간 나는, 말 못 하고 여미어온 가슴속 멍울이 스르르 녹아내렸다. 그 어떤 길에서보다 넘기 힘든 가로막 하나를 넘었구나 싶었다. 그랬다. 이상(理想)의 세계를 향해 내달리지 못하는 답답함이란 겪어보지 않은 사람은 짐작조차 어려울 것이다. 어쩔 수 없는 현실 앞에서 좀처럼 꺾이지 않는 딸자식의 기운을 꺾느라고 어머니의 고충은 어떠하였으랴.

몸통이 굵어 밑가지가 없는 나무 아래서는 아무리 올려다보며 용을 써 봐도 소용없는 일이다. 몇 발짝 오르다가 미끄러지기 일쑤다. 그러한 것을 재담 좋은 사람들은 도끼로 찍으며 오르면 된다 하고, 또 사다리 놓고 올라가면 된다고도 한다. 하지만 실제로 그 길을 헤쳐 온 나로서는, 융통성이 없어 그랬는지 동경하는 세계란 아득하고 아득했다. 그래서 감당키 어려운 기운이 솟구칠 때면, 내 안의 뜰에 ‘오르지 못할 나무’를 한 그루 두 그루 늘려 심었다. 그건 동경의 대상에 대한 그리움의 실체였다.

그런데 그 나무들은 세월이란 물기를 먹으며 묵묵히 나를 키웠던가 보다. 오르지 못할 나무는 어느새 꿈꾸는 나무가 되어, 내 안에 무성한 숲을 이루고 있었다. 어쩌면 그 덕에 지금 이만큼이나마 스스로를 다독일 능력을 안고 사는 게 아닌가 싶다. —그 많은 말들을 책에 묶는 몇 편의 수필로 함축하고 있었는데, 그걸 알아보신 스승 앞에서 나는 하마터면 무너질 뻔하였다.

지금 이 순간에도 얼마나 많은 사람이 오르지 못할 나무 그늘을 서성이고 있을까. 하지만 나는 알고 있다. 그들의 가슴 속에 자리 잡은 아늑한 초원을. 그곳에서부터 울려 나오는 숲의 태동(胎動)을.

(2005. 1.)

굴뚝

구름을 올려다보면 그리움이 켜를 이루고, 그리움에 겨워하다 보면 고향하늘 연기가 연상된다. 그러다가 이내 연기를 싸안고 몸을 달구는 굴뚝에 심안이 머문다.

사람의 등에 훈기를 불어넣으며 밥 짓는 작용을 하는 게 굴뚝이다. 멀거니 서 있는 것 같아도 뭔가를 익혀내고 있다는 증거로 연기를 낸다. 그러므로 굴뚝은 위대하다. 굴뚝이 쓰러지는 날엔 배곯는 아우성이 사방에 흩어질 것이다. 하여 나는 굴뚝이 뿜는 연기를 예사로 보지 않는다. 그러면서 혹시라도 밥 굶는 처지에 놓이게 되는 이들을 떠올려본다. 굴뚝엔 인간 본연의 사랑이 흐른다.

추사 선생 고택을 찾은 날은 가을이 깊어가고 있었다. 담장 밖에선 모과나무가 키를 늘여 향을 퍼트리는데, 뒤란의 추녀 아래에는 나지막한 굴뚝이 양 모퉁이에 서 있다. 사람의 가슴께나 찰까 싶은 것이 으리으리한 고택과 대조를 이룬다.

굴뚝이 아담한 것은 옛날 양반들이 연구해낸 멋스런 발상이라 한다. 구들 밑의 흐름을 원활히 해주는 게 굴뚝이련만 그것에도 '멋'이라니 귀가 번쩍한다. 허나 이야기를 헤아려보면 이내 고개가 끄덕여진다. 풍류를 아는 선비들이 멀리 강가까지 일일이 찾아 나설 수는 없는 일이어서, 운치를 위해 굴뚝을 낮게 하고 참숯을 피웠다는 것이다. 숯을 때고 굴뚝이 나지막하니 연기가 높이 솟을 리 만무한 일, 은은한 안개처럼 울안에 감돌았을 풍경이 그려진다. 그러한 기지(奇智)를 발휘하고 또 그 기지를 벗하여 한담을 나누고 글을 지었다고 하니 놀랍기만 하다. 그러고 보니 저 굴뚝은 추사 선생의 정신세계에도 일조를 한 게 틀림없다.

추사 선생이 썼다는 백파선사비문을 선운사 입구에서 처음 만났을 때, 나는 그곳에 발이 묶여 한참을 서 있었다. 춤을 추듯이 날렵한 필체의 기상에 가슴이 뛰었다. 추호의 거리낌 없는 그분의 정신세계를 들여다보는 것 같았다. 붓끝에 자유자재의 힘이 붙으려면 얼마만큼의 기를 몰아가야 했을까. 선생은 마치 선인(仙人)이 된 듯, 구름 위를 거니는 착각에 빠져 영육의 기를 손끝에로 바짝 몰아세웠을 게 자명하다. 그 몰아의 세계에서 송판을 뚫을 듯한 기운으로 힘차고도 날렵한 글씨를 썼을 것이다. 그것이 오늘에까지 많은 이들의 흠모를 부르고 있다.

얌전하니 시침 떼고 있는 굴뚝. 그것을 이루는 돌 하나하나가 예사로 보이지 않는다. 이와 같은 이야기가 운치를 자아내는 풍광 구실의 예라면, 공장의 콘크리트 굴뚝은 살아있는 물고기와도 같은 펄떡임이 느껴진다.

반월공단의 한 식품공장 굴뚝에선 겨울철에도 아랑곳없이

감자 익는 냄새가 난다. 물엿 공장인데 곡물을 달이는 과정에서 이렇듯 엉뚱한 냄새로 둔갑을 한다. 퉁퉁한 굴뚝을 타고 흩어지는 희뿌연 김이, 잘 익은 감자의 훈김으로 다가와 풍요를 안겨준다.

지금은 여기저기 새 도로가 나서 옛길이 되었지만, 우리 가족은 아이들을 키우는 동안 그 길을 거쳐 시댁엘 다녔었다. 새벽이거나 야심한 밤이거나 그 식품공장 근처에 이르면 누가 먼저랄 것도 없이 차창을 열었다. 그러면 아이들은 코를 씰룩이며 냄새를 맡았다. 그럴 때면 나도 옛 시절로 돌아가, 감자를 주식으로 삼던 회상에 젖곤 하였다.

해가 긴긴 여름날, 동생들을 돌보며 감자를 깠다. 지금 교직에 있는 남동생과 석양 아래에 마주 앉아, 초승달처럼 패인 놋숟갈(달챙이)을 들고 누가 한 양동이를 먼저 채우는지 시합을 했다. 소형라디오에서는 만화주제곡이 경쾌하게 흘러나오고, 달챙이를 놀리는 오누이의 손길도 덩달아 탄력이 붙었다. 마침내 두 양동이를 채우고 허리를 펴면, 감자분이 뽀얗게 동생 얼굴에 앉아 웃음이 나왔다. 동생은 되레 나를 보며 웃었다.

그렇게 해서 가마솥 가득히 김을 올려놓으면 들에 나갔던 부모님이 돌아오셨다. 불 때는 게 서툴러 눈물도 났지만 그런 기색은 하지 않았다. 무사히 익혀냈다는 결과 앞에서, 역으로 맞은 연기 세례쯤은 감수할 수가 있었다. 그 무렵 서툴게나마 굴뚝을 타고 오르던 연기는 한 가정이 건재하다는 뚜렷한 증거였다.

굴뚝은 정직하다. 그리고 위대하다. '아니 땐 굴뚝에 연기 나랴?' 하는 속담대로 변명에 능한 사람을 꼼짝 못 하게도 하고, 살림살이를 정갈하게 유지시키기도 한다. 평범한 가옥 한 채만 보더라도 굴뚝이 바로 서야 세간이 정갈하지 않았던가. 연기가 역으로 나오면 부엌살림이 그을려 제빛을 내지 못한다. 아무리 안주인이 쓸고 닦는다 해도 굴뚝으로 나갈 몫이 아궁이로 나오면 당할 재간이 없었다. 그러므로 누구나 벽돌을 쌓아 집 형태를 만들 수는 있어도, 누구나가 구들을 놓을 수 있는 건 아니었다. 불을 때 보면 확연히 구분되는 일이어서 집 지을 때면 구들 놓는 사람을 매우 신중히 골라서 썼다. 평평한 구들돌은 어떻게 놓고, 굴뚝은 얼마마한 키로 어느 방향에 세울지를 판단하는 일은 그처럼 만만치 않았던 것이다. 그건 바로 거대한 공장의 내부를 다스리는 일과 크게 다르지 않다.

굴뚝이 힘차야 기업이 힘차다. 새벽마다 창밖 저만치의 굴뚝을 살피는데, 동트기 전에 한 마을을 뒤덮고도 남을 허연 기운을 확인하고 나면 맘이 부듯해진다. 주인이 누군지도 모를 곳의 굴뚝을 응시하는 버릇이 한편으론 우습기도 하지만, 굴뚝이 건실해야 사람들이 배를 곯지 않는다. 곧게 잘 선 공장 굴뚝에서 연기를 실하게 밀어 올려야 그 건물 안 사람들의 가정이 평화롭다. 하늘 아랫자락에 희뿌연 뭉게구름 몇 켜 만들어놓아야 공장주인도 웬만큼 배가 부를 것 아닌가. 그렇게 되어야만, 가려진 곳에서 배를 등짝에 붙이고 살아가는 사람들에게도 국물이 조금씩은 돌아갈 것이다.

이 아침에도 창밖 거대한 굴뚝에선 허연 에너지가 풍풍 솟는다. 안심이다. 아울러 저 굴뚝에 달린 식솔들은 밥걱정을 하지 않아도 되겠다. 나도 저러한 기운 안에 품었다가, 저온으로 은근히 연소시켜 나지막한 굴뚝을 통해 서서히 뿜어 올리고 싶다.

(2006. 4.)

뿌리

우연히 개의 족보를 보았다. 진돗개라 하여 성은 '진'이고 이름은 '화랑'이다. 화랑이는 100일을 갓 넘긴 강아지인데, 그 윗대에 대한 내력이 상세히 나와 있었다. 이렇듯 족보상으로 혈통 관계가 확실하니 진돗개임에는 틀림없는 것 같다. 그런데 그 내용이 서면 한 장을 가득 메우고 있었다.

반면 '1927년 음 7月 5日生 金海金氏 ○○. 그의 차녀 善化.' 대략 이것이 아버지와 내가 부녀간임을 입증하는 가장 확실한 단서다. 지난봄, 시가에서 족보 개정판을 내는데 들어간 기본 서식인 것이다. 이렇다 할 벼슬이 없는 아버지이니 고관입네 할 수 없고, 딸인 나 역시 이제 겨우 문단의 피라미 처지나 면한 상태이니 감히 '文人'이란 칭호 하나를 곁들이지 못하였다. 아는 후배 한 사람은 권세도 당당하게 '작가'라고 올랐다는데, 그러기에는 그녀 남편의 공이 컸다고 한다. 그러나 나는 꽁지깃 내린 꿩처럼 남편의 눈치만 살폈다. 미리 알아 나서주기라도 하면 좋으련만 애초부터 그리 넉살 좋은 사람은 아니다. 그것도 명예라고 내가 투정을 좀 부렸더니, 정 서운하면 족보 일을 관장하는 시숙부님께 직접 아뢰어보라 한다. 그 말 앞에 무슨 억지를 부리겠는가. 괜스레 속내를 비친 내가 머쓱해질 따름이었다.

시집온 이래로 온갖 심혈을 기울여 터 닦은 세월이 얼마인데, 결정적 시기에 이 무슨 홀대인가 싶기도 했다. 글 쓰는 이의 고뇌라든가 가치를 인정하는 누군가가 부추긴다면 모르되, 여인네인 내가 어찌 나설 수 있으랴. 다른 일도 아닌 엄중하고 엄중한 족보 관련 일인 것을…. 아마도 시가문중의 명맥을 이어오는 그 족보라는 것에는 '누구의 아내가 무슨 일을 했다더라' 하는 선례가 아직까지 없는 모양이었다.

큰아이 세 살 때부터이니 내가 종친회에 찾아다닌 게 17년이다. 문중 행사에 따라다니며 머리에 잘 들어오지도 않는 집안의 내력을 익혀온 것은, 자라는 아이들에게 조상의 중요성을 일깨워주기 위해서였다. 여성이 참여한다 해봐야 팔 걷어붙이고 부엌일 하는 것에 불과하지만, 그래도 그 나들이가 싫지 않았다. 명색이 남편의 뿌리이고 내 아이들의 뿌리 아닌가.

식물도 뿌리가 튼실해야 잘 자라는 것처럼, 나는 사람의 자양분도 든든한 밑천에 두고 있었다. 그 밑천은 바로, 자신이 처한 곳이 어떤 곳인지를 제대로 아는 행위에서 기인되는 것이라고 여겼다. 종교나 예술 단체도 그 종파를 따져보고, 노랫가락 하나에서도 그 원뿌리를 찾아 연구에 연구를 거듭하거늘, 가족관계에 있어서 그 조상을 알려는 노력은 지극히 당연한 것이고 소중한 것이었다. 그러다 보니 바쁜 남편을 대신하는 일이 잦아져 먼 일가의 촌수도 차츰 익혀나갈 수 있었다. 그래 보았자 시가문중에 대해 명확히 기억할 수 있는 것은 '全州李氏 효령대군파 ㅇ대손' 정도가 고작이다.

6·25를 겪으며 일가붙이는 물론이고 족보조차 잃어버릴 뻔했다는 집안이다. 그 이야기를 어른들로부터 자주 들어왔는데, 나는 그런 것 하나하나가 예사로 지나쳐지지 않았다. 그러는 사이 이제는 문중 사람들에게 남편을 소개할 때, "이 사람 제 남편입니다" 해야 하는 입장에 이르렀다. 바뀌어도 한참 뒤바뀐 현상이다. 그래도 그쯤의 일이야 대수롭지 않게 넘겼는데, 이번 족보 일만은 쉬 가라앉질 않았다. 봄날임에도 불구하고 가슴이 시렸다. 보다 못한 남편이 이다음엔 말 넣어주마 한다. 그러나 족보 개정이 어디 그리 단순한 일인가. 앞으로 한동안의 세월이 흘러야 다시 논의될 대사(大事)라는 점을 너무도 잘 알고 있다.

불현듯, 미국의 흑인 작가 알렉스 헤일리의 ≪뿌리≫가 가슴 저편에서 출렁거린다. 이 작품은 작가가 자신의 7대조 할아버지까지 거슬러 올라가 옛 행적부터 더듬어 내려오는 사실적 기록물이다. 헤일리는, 1767년 아프리카에서 노예로 팔려 미국이란 신대륙에서 온갖 박해를 견뎌내는 조상들의 모습을 현지답사를 통해 그려내고 있다. 나는 첫아이가 기어 다닐 무렵 이 작품을 대하고 한동안 감동에 젖어 지냈다.

이 밖에도 이색적인 이야깃거리를 대할 때가 많다. 해외 입양아들이 성장하여 고국의 부모를 찾는 소식은 절박하고도 절박하다. 그들이 좋은 환경에서 잘 자랐다 하더라도 가슴속에서부터 솟구치는 자신의 근본에 대한 의문, 그 의구심을 어찌 막으랴. 그것은 천형과도 같이 혼자만이 안고 앓아온 열병이었을 것이다. '아버지', '엄마' 하는 그 격 없고도 자연스런 호칭 한번 불러보고 싶어서 수없이 외로움의 한숨을 토해냈을 것이다.

어릴 때 미국으로 입양되어간 한 청년은, 카추샤가 되어 다시 고국 땅을 밟았다. 그리고 핏줄을 찾아 갖은 노력을 기울였다. 마침내 살인범으로 장기수가 돼있는 초로의 남자를 그는 '아버지'라고 불렀다. DNA검사 결과가 자신과 일치하지 않은데도, 유년기에 엄마와 셋이 찍은 사진을 찾아냄으로써 그는 그렇게 단정 짓고 있었다. 그리고 내 눈엔 별로 흡사한 점이 안 보이는데, 서로 닮았다고까지 하였다. 그러면서 그는 수감 중인 남자를 염려하며 미국으로 돌아갔다. 드디어 자신의 뿌리를 찾았다며 감격스러워하던 그 표정이 오래도록 지워지지 않았다. "과학적인 근거야 어찌 되었든 내가 아버지라 믿으면 아버지다" 하던 그의 열변이 귀에 박혔던 까닭이다.

시간은 흐르고…. 여인네의 설 자리란 시댁도 친정도 아닌 어중간의 자리라는데 대해 의기소침해졌다. 살아가는 동안이야 실체가 있어 누구의 아내요 누구누구의 어머니이겠지만, 언젠가 그마저 사라진 자리엔 무엇이 남을까.

그런데 족보 일을 관장했던 시숙부님이 갑자기 나를 채근

하셨다. 집안에 상(喪)이 나서 많은 사람이 모였는데 그 자리에서 대뜸 "이 조카며느리는 우리 집안의 큰 사람이다!" 하셨다. 그 목청이 대청 안을 울리고, 거기 모인 사람들을 숨죽이게 했다. 그분은 이미 내가 써낸 책들을 읽었다고 하셨다.

그제야 나는 망상의 늪에서 깨어나, 시숙부님께 얼른 약주 한 잔을 따라 올렸다.

(2005. 1.)

chapter 3

목리(木理)와 새

공진(共振)

청거북 한 쌍이 마주 보며 신호를 보낸다. 수면에 납작 엎드려 앞다리 둘과 뒷다리 둘을 쭉쭉 뻗어 거의 부동자세를 하다가 파르르 경련을 일으킨다. 물살도 덩달아 가만히 떤다. 생명체와 생명체 간의 소통이다.

아이들이 어릴 때 청거북 여러 마리를 어항에 키운 일이 있다. 병마개만 한 것을 사서 등딱지가 두툼해지도록 7, 8년을 길렀다. 한데 이 녀석들은 저희끼리의 행위로도 모자라, 이 주인댁을 향해서까지 그 무언의 언어를 보내오지 않겠는가. 그럴 때면 나는 아예 거북이만큼 작아져서 내면이 파르르 떨리곤 했다. 그 희귀한 행동이 청거북 세계의 사랑의 표시라는 지식을 습득하기 전이었지만, 그것들을 대하는 내 가슴은 형용할 수 없이 뛰었다. 같은 공간에서 생활해 온 시간만큼이나 미물과 사람 간에 소통이 이루어진 것이다.

구조물 사이에도 주파수가 맞으면 떨림이 일어난다고 한다. 미국의 한 디스코텍에서는 음악의 박자와 맞아떨어진 건물이 붕괴한 일이 있었다고. 연전 우리나라에서도 국기 게양대가 한밤중에 떠는 현상을 일으켜 마을 사람들이 크게 놀라는 소동이 벌어졌었다. 매일 같은 시간대에 하나가 떨기 시작하자 옆의 것도 이내 흔들흔들 움직였다.

공진(共振)—한 진동체가 다른 진동체에 이끌리어 그와 같은 진동수로 울린다는 뜻이다. 즉 함께 떤다는 의미이다. 이것은 곧 소통이다. 서로 통한다는 얘기의 다른 표현이다. 사람과 사람 사이에도 공진현상과 같은 떨림이 일어날 때 무한한 의미를 확보하게 된다.

선들바람에 이끌린 어느 날, 차를 두 번이나 갈아타고서야 경기 북부의 한 정거장에 도착했다. 그곳엔 동갑내기 친구가 마중 나와 있었다. 그녀는 서울 출신으로 농촌 출신인 나와는 상반된 점이 많다. 하지만 우리는 10수년 지기이다. 문학의 끈에 의해 벗이 된 이후 '서울 쥐, 시골 쥐'를 자처하며 지낸다. 정서적인 면에서 더러 거리감을 느끼긴 하지만 두 사람은 차이성 속의 유사성을 즐긴다. 나고 자란 지역이 다르기는 하나, 우리는 동시대인(同時代人)이라는 점에 더 무게를 싣고 있다.

사람이 한 시대를 살아가면서 상대적으로 끌림이 없다면 얼마나 삭막할까. 그것도 글로 맺어진 관계에 있어서이랴. 바람처럼 스쳐 지나갈 수도 있는 인생길에서 '동인(同人)'이라 이름 지어진 울안의 사람들이야말로 피차 가벼운 인연이 아니라 여겨진다. 이들 간의 떨림은 정신과 정신의 미세한 결이 닿은 매우 고급스러운 교류이다.

'톨스토이전'을 관람하다가 푸시킨이 1836년에 창간한 잡지 〈동시대인〉의 동인 작가들을 접하게 되었다. 곤차르트, 투르게네프, 오스트로프스키 등등. 그중에서 투르게네프가 톨스토이에게 보낸 편지를 확인하는 순간 가슴이 벅차올랐다.

> 내가 당신과 동시대인이라는 것이 얼마나 기쁜지. 그리고 나의 마지막 기심(己心) 어린 부탁을 청하고자 당신에게 이렇게 편지를 씁니다. 내 친구여, 다시 작품 활동을 재개하시기 바랍니다.
>
> 내 친구여, 러시아 땅이 낳은 대문호여….
>
> 나의 간곡한 청을 부디 귀 기울여주시오.

≪전쟁과 평화≫ 등의 숱한 명작을 낳은 톨스토이도 한때 펜대를 뉘인 일이 있었던 것일까. 노년에 이르기까지의 이런 저런 창작과정에서 그와 함께한 문우들은 무수히 서로를 독려하며 지렛대 역할을 하였던 듯싶다.

나는 위의 글귀 앞에서 얼마나 마음 흡족했는지 모른다. 다른 사람들이 기념사진을 찍는 동안에도 이 부분을 서류 봉투 겉면에 필사하며 적잖이 흥분하였다. 우정, 떨림, 그런 것들이 복합적으로 나를 부동자세로 있게 하였다. 후대를 살아가는 우리에게 더 없는 우상으로 자리 잡은 대문호들. 그들도 문학의 길에서 적잖이 고뇌가 따랐던가 보다. 때로는 혹독하리만치 고독의 숲을 헤매기도 했을 것이다. 그럴 때 넌지시

다가와 손잡아주는 이가 있어 얼마나 위안이 되었을까. 더불어 떨린다는 것은, 자칫 메마를 수 있는 삶의 결을 한층 역동적으로 끌어올린다는 말 아닌가.

문득 스스로에게 묻고 싶어진다. 어느 때 찾아가도 허허 웃을 사람, 어느 때 찾아가도 오해 없을 사람, 어느 때 찾아가도 뜨겁게 포옹할 수 있는 사람, 이런 귀한 사람 몇 두었는가. 서로가 서로를 알아보아 미세한 결로 떨려오는 사람, 과연 그대 곁에 존재하는가 하고.

(2007. 10.)

포옹

섬뜩할 수 있는 골(骨)에 시선이 멎는다. 아래위로 잇몸 틀까지 훤히 드러낸 유골의 모습이 전혀 볼썽사납지가 않다. 오히려 상대방의 눈길에 빨려들 듯 서로 주시하는 지순한 자태가 아름답다. 기껏해야 움푹움푹한 눈자리이거늘, 민둥하니 마모된 콧등이거늘, 약간의 간격으로 떨어져 두런거리는 듯한 입매이거늘, 나는 두골과 두골의 마주한 각도에 그만 천치같이 반해버렸다.

남녀 한 쌍이 꼭 부둥켜안고 땅에 묻혀 지내다가 세상에 나왔다. 이탈리아 북부 만토바 부근의 신석기시대 유적지에서 뼈와 뼈로 얽혀있는 유골이 모습을 드러냈는데, 발굴 팀(엘레나 멘토니)은 5천 년~6천 년 전의 사람들로 추정된다고 밝히고 있다. 나는 이 소식을 우연히 인터넷 창에서 접하고, 한참동안이나 멍한 채로 다음 할 일을 잊었다.

우선 두상을 살펴보면 뒤통수의 곡선까지가 또렷하다. 암만 봐도 뒤통수의 돌출이 적고, 턱선이 약간 부드러운 쪽이 여성인 듯싶다. 서로 눈과 눈의 높이가 같아 금세라도 불꽃 튀는 교감이 이뤄질 태세이다.

어깨와 어깨를 휘감은 팔과, 허벅지와 허벅지께로 포개어져 있는 건강한 다리뼈. 한참을 들여다보고 있자니 나 자신이 어느결에 '유골 감정사'가 되어 이름 모를 이들의 옛 삶을 들여다본다.

그들은 아마도 지극히 젊고 뜨거운 연인이었을 것이다. 틈만 나면 상기된 모습으로 맘속의 파동을 소곤거렸으리라. 그러다가는 정애에 겨워 와락 안기도 하였겠지. 그런데 그날은 어떠한 사정으로 둘이 함께 숨져가야만 했을까. 그 시대에도 이루어질 수 없는 사랑이란 게 있어 극약이라도 먹었을까. 아니면 정이 너무도 깊어 헤어날 수가 없었던 것일까. 이도 저도 아니면, 청춘남녀가 정을 나누는 시각에 땅이 요동치며 갈라졌던 것인지. 찰나에 일어난 일이어서 놀랄 새도 없이 그대로 영영 묻히고 말았는지 모를 일이다. 하여 저렇듯 행복한 모습 그대로인지도.

어이 된 일인지 그들은, 눈 감고 잠을 청하는 시각에도 나를 쫓아다닌다. 의식의 끈을 붙잡고 놓아주질 않는다. 그러다가는 아예 내 곁에 눕는다. 헤벌쭉 웃는 모습으로 정답기 그지없게.

이젠 슬그머니 그들의 자세를 따라 해보기에 이른다. "팔은 이렇게 휘었을까? 다리는 이 정도로 얹고?" 모로 누워 각도를 흉내 내며 중얼거리다 보니 이런 쯧쯧, 내가 그들과 얼싸안고 있는 격이다. 그들이 전하는 메시지 앞에서 세월의 간극은 물거품이 되고 만다.

생성을 알리는 봄비 촉촉이 내리는데, 뼈와 뼈의 강단으로 포옹의 진수를 보여준다. 저들은 지금.

(2007. 3)

빛의 꼬리를 잡고서

트럭이 막 천안을 지나 경부고속도로를 달리고 있었다. 다 큰 아들을 옆자리에 태운 것만으로도 마음이 든든했다. 그때 웬 형형한 불길이 유유자적 우리 차를 앞지른다. 처음엔 눈을 의심했는데, 두루뭉술한 머리를 하고 도톰하니 살진 꼬리를 사뿐사뿐 흔들며 나타나 형용키 어려운 빛을 발한다. 그야말로 기막힌 빛의 향연이 코앞에서 벌어지고 있다. 그러더니 점점 꼬리가 가늘어진다.

일순 머릿속이 바빠진다. 아름다움의 극치를 색으로 표현한다면 바로 이런 색상일까. 주홍 몸체에 은은한 형광색을 발하는 물체가 환하다 못해 황홀하다. 살아 움직이는 생명체라도 되듯 지극정성으로 머리를 조아린다. 그 모습이 매우 민첩하다.

충북 청원군 강내면 다락리. 나라에서 교원양성을 위해 지어놓은 학교가 거기 있다. 아이가 그곳에 머무는 지 벌써 5년째로 접어드는데, 올려다본 밤하늘에 별이 총총하다. 크고 작은 행성들이 진청색 여백에 선명한 무늬로 떠 있다. 나는 아이에게 저 별들을 만날 수 있는 곳에 사니 얼마나 좋으냐니까

이미 충청도 청년이 다 된 아이가 순하게 웃는다.

그런 아이를 밤으로 데려와야 할 일이 생겨 서두른 길이었다. 대학 생활이 시작되고부터 서로 간에 시간 맞추기가 어려워, 오랜만에 함께하는 오붓한 시간이기도 했다. 한데 고속도로 복판에서 엉겁결에 마주한 저 강렬한 투시의 존재는 무엇인가. —빛의 물체도 달리고 우리도 달린다. 일시적이지만 억겁의 세월을 함께 하는 듯 내면이 훈훈해진다. 가슴 깊숙한 곳의 아련한 것들이 만 가지로 깨어나 물결쳐온다. 어떤 빼어난 문장으로도 대신할 수 없는 색채와 불꼬리! 무엇엔가 골몰해 있는 사람의 자세가 저렇듯 진지할까. 그윽하기 이를 데 없는 사람의 내면이 투영(投映)된 듯, 그 깊은 곳의 지순한 빛깔로 읽힌다.

대각선으로 재빠르게 내리닫던 물체는 우리 차선 3미터 앞쯤에 다소곳이 머리를 뉜다. 이어 꼬리도 스르르 흔적을 감춘다. 순간 내 가슴은 검푸른 바다가 되어 그 아름다운 덩어리를 후룩 삼켰다. 시간을 잰다면야 물론 찰나였으리라.

예측불허의 향연에 나는 망연해했다. 무의식 속에서 맞닥뜨린 빛의 여운이 범상치가 않다. 신비로운 불빛에 알 수 없는 예시의 기운이 짙다. 차창을 닫아두어 이상 물체의 소리를 듣지 못한 것인지, 설사 고유의 소리가 있었어도 질주하는 자동차의 소음에 잠긴 것인지, 아니면 아예 무성(無聲)의 것이었는지 모르지만, 몇 아름이 됨직한 빛의 물체는 아스팔트 변에 사뿐히 내려앉으며 그 미끈한 꼬리의 뒷모습을 보여주고 있었다.

세상에서 빛을 싫어할 사람은 아마도 없을 것이다. 괴성.벽력을 동반한 것이 아니라면 대개가 희망으로 통하지 않는가. ―가슴이 밝아진다. 머릿속도 맑아진다. 어릴 적 시골 밤 멍석에 누워 만나던, 공중을 내리긋던 가느다란 획과는 또 다른 맛이 난다. 하늘이 내리는 빛의 속도에 사람이 부리는 자동차의 속도를 어찌 감히 비례할 수 있으랴마는, 내 몸을 실은 차도 엄연히 속력을 내고 있었다고 말하면 우문(愚文)이 되려나. 실은 그보다도 인생 경륜에서 오는 상념의 끈이 어린 날보다 몇 곱절 복잡해졌다는 말이 이상 물체에 대한 더 근접한 표현이 될 것이다. 그리고 난생처음으로 이처럼 가까이서, 하늘이 선사하는 경이로운 빛을 만난 것이 행운이라면 행운일 테고.

나는 더운 기운을 살려 얼른 아들의 손을 잡았다.

"올해 좋은 일 있으려나 보다…."

그 말에 남편도 살짝 고개를 끄덕인다. 빛의 출현을 숨죽여 느낀 듯 눈가가 젖어있다. 아이의 앞길에 소망하는 일을 말한다면 어찌 한 가지뿐이랴. 하지만 방금 전의 물체가 무엇인지 알아본 사람은 차내에서 나와 남편 둘뿐이다. 잠깐 한눈을 팔았다는 큰애는 트럭 가운데 좌석에 타고도 눈앞의 광경을 알아채지 못했다. 애석하게도 고성능 카메라로 툭하면 천체를 찍고 다니는 과학도의 눈에 그 아름다운 빛이 비껴간 것이다.

이즈음에서 밝힌다면 그 신비의 존재는 '별똥별'이 아닌가 싶었다. 그깟 별똥별 하나를 보고 무슨 수선인가 할 사람 있을지도 모른다. 하기야 그 짧은 순간에 머리를 분주히 돌린 내가 우스꽝스럽긴 하다.

그렇지만 내 말 좀 들어보시라. 이날은 다름 아닌, 내 어버이께서 날 낳으신 생일 밤이었다. 생명을 보유한 한 톨의 씨가, 이 넓은 공간 우주에서 홀홀히 떠돌다가 사람의 꼴을 갖추어 세상에 나는 것이 어디 녹녹한 일이라던가. 생 저편으로 가는 시기나 이편에 나는 것이 본인의 의지와는 무관하다는 것을 모르는 사람 없을 것이다. 그래서 나는 자연을 사랑하고, 희열에 차서 사물에 동화되며, 때로는 살얼음판과도 같은 삶의 길을 조심조심 내딛는가도 모르겠다.

아무려나 흔히들 별똥별을 만나면 소원을 빌라 하였던바, 그러면 필시 염원하는 것이 이루어진다 하였던바, 그러나 시간이 하 짧아 뭔가를 빌어볼 새는 없었다. 다만 아직 정월이니, 올 한해 상서(祥瑞)로울 것이란 기대를 해보게 된다.

이미 소멸된 비범한 빛의 꼬리를 잡고서 성(聖)한 기운을 쟁이려 드는 이 범상(凡常)한 사람의 속내라니….

(2008. 11. 2.)

나무속의 나무

깊은 가을날, 길을 잘못 들어 되짚어 걷는 길에 괴목 한 그루를 만났다. 주변에 하얀 띠가 둘러쳐진 것이 의아해 다가가 보니, 어른의 서너 아름이나 됨직한 몸통에 굵은 가지가 쭉쭉 뻗어있다. 그런데 어딘가 좀 어색하다. 전체적 균형이 잘 맞지 않아 보인다. 하늘거리는 윗가지와 굵은 밑동이 겉돌고 있다는 느낌마저 든다.

내가 잘못 보았나 싶어 꼼꼼히 살핀다. 그러다가 나는 손뼉을 딱 쳤다. 그러면 그렇지. 각질 두터운 우람한 나무속에 가늘고 보드라운 수피의 몸통 하나가 더 들어있다. 세상에 이럴 수가. 아기나무다. 어린이나무다. 아니, 그보다는 조금 더 자란 청소년나무다. 나아가 청운의 뜻을 세우고 그 목표를 향하여 팔 뻗는 청년이다.

일순 가슴에 뜨끈한 것이 밀려온다. 어버이의 품과도 같이 굳건한 성안에서 내공을 키우는 저 나무. 우리들이 보호해서 키워야 할 내 아이들이다. 크느라고 용을 쓰는 햇(?)나무 곁에서 맥박 박동 수가 빨라진다. 이것이 바로 사람 살아가는 모습이지 하며 뿌듯해한다. 한편으론 아이들의 비밀스런 꿈을 엿본 것 같아 멋쩍기도 하다.

쇠잔해가는 묵은 나무의 기운을 눈치 못 챈 채, 나름대로 키워가는 꿈의 무늬가 저 작은 몸통에도 증거로 남겠지. 그 결을 아는 듯 모르는 듯, 괴목은 자신의 수액을 먹고 자라는 소생이 마냥 대견스러운 폼이다. 튼실하게 자라 독립할 때까지 거친 바람 막아주며 서 있는 의지가 숭고하다. 어린것이 그럴싸하게 꼴을 갖출 때까지 의연한 척하는 묵묵한 몸짓에서 사람살이의 질서를 느낀다.

뿌리와 뿌리, 핏줄과 핏줄 사이의 유대관계처럼 극명하게 드러나는 질서가 또 있을까. 사람과 사람 간에 본받고 싶은 모습은 젖혀두고라도 부인하려 한 기운조차 은연중에 닮아 놀라울 때가 있으니 말이다.

그런 맥락에서 나는 농부로서의 적응이 몹시도 어려운 아버지를 배경으로 하여 자라났다. '가장'이란 현실에 발은 묻었으나 늘 이상세계로의 추구가 강해 몇 몫의 인생을 살다 가신 분이다. 열이 넘는 자식을 두고도 남의 농지에 의존한 소작민으로, 땅의 혈맥을 더듬는 풍수꾼으로, 또 동학(東學)을 깊이 이해한 도인으로…. 청소년기의 나는 그러한 아버지를 향해 불만의 켜가 높았다.

그런데 문학에 젖어 사는 이즈음의 내가 어떤 고정된 틀을 몹시도 거북해한다. 스스로도 어쩌지 못하는 성정에서 아버지 닮은 면면이 종종 확인된다. 한데 모순되게도 그것이 정신적 출구구실을 한다.

서성이던 마음을 거두며 방향을 새로 잡는다. 그때 '성황신목(城隍神木)'이라 적힌 안내판 글씨가 눈에 들어온다. 이미 고사(枯死) 상태란다. 과천동 사거리 횡단보도 중간에 있던 것을, 이십여 년 전 도로확장공사를 하며 이곳 남태령 초입으로 옮겨 심었다고 한다. 더욱 놀라운 사실은 기존의 성황신목 안쪽에 다른 나무를 이식했다는 점이다. 한마디로 형용키 어려운 이 진실을 무엇이라 말할까. 좀 전까지의 신비가 가시며 다소 허탈해진다.

문명의 잣대를 대면 이는 집착이고 퇴보다. 신목(神木)에 대한 미련이다. 마을사람들은 느티나무 한 그루를 오랜 세월에 거쳐 성황신*이라 믿었기에, 그 생이 다한 후에도 함부로 취급할 수가 없었을 것이다. 해마다 음력 시월 초하룻날에 이곳에서 대동제의 성격으로 '성황신목제'가 열리는데, 일제강점기에는 중단되었다가 다시 이어간다고 적혀있다. 하기야 나무 아래 모여 머리 조아리는 의식조차 민족적 정서라 하여 맥을 자른 실태가 어디 이 나무그늘 뿐일까. 그 암울한 시기, 얼마나 많은 사람이 속 풀어놓을 장(場)을 그리며 나약해지려는 마음자리를 자연에 기대어 다독였을까.

그러고 보니 이 나무는 그보다 훨씬 이전부터 민심을 다 알아주는 큰 어른구실을 했던 것이 분명하다. 그러한 발로에서 사람들은 앞선 상징물을 대신할 만한 존재로, 될성부른 새 나무를 선택해 고목으로 하여금 보듬게 한 것이리라.

그러나 나는 수액 말라버린 묵은 뿌리의 틈을 비집고 새로이 뿌리를 뻗어가는 나무에게로 자꾸만 시선이 간다. 처음 내가 큰 나무에서 풍겨나는 기품을 찾아 서성였다면, 이젠 반대로 그 강렬한 기운에 에워싸인 작은 나무의 본질에 대해 연민의 정이 인다. 저것도 애초 부여받은 나름의 몫이 있었을 터, 그 몫이 바로 수백 년 묵은 성황목의 자리를 대신해주는 것이었을까. 사람으로 치면 어버이는 어버이대로 자식은 자식대로, 스승은 스승대로 후학은 후학대로의 고유한 성향이 있는 것을…. 아무리 생각해봐도 눈앞에 펼쳐진 모습이 괴이하기만 하다.

그로부터 나흘 뒤, 차창 밖으로 들어오는 성황신목에 하얀 꽃이 피었다. 팔 뻗어 닿을 법한 가지가지에 사람들의 소망이 담긴 '소지(燒紙)꽃'이 한창이다. 신목(新木)이 오랜 세월 추앙받아온 대 신목(神木)을 아우르며 성황신으로서의 기능을 발휘할 기세이다. 아니 벌써부터 신통력이 나타나고 있는지도 모르겠다. 그 오묘한 풍경 너머로 안도의 긴 호흡을 하는 거목 한 그루가 연상된다.

과거와 현재의 조우다. 고목 깊숙이 뿌리를 묻으며 내면을 가꾸어온 새 나무는, 이미 그 전통적 혼을 부여받아 새로운 모습으로 거듭나고 있지 않은가. 저렇듯 어우러져가는 대물림에서 사람살이의 유대관계를 읽는다. 듬직한 미래를 헤아린다.

아울러 쉼 없는 사유의 장에서 삶의 본질을 생각하는 나는, 아버지란 나무속에 뿌리내린 한 그루 나무다. 문학이란 결 고운 숲에 뿌리 뻗어보는 지극히 작은 나무다.

(2008. 11.)

신(新) 열두 광대 이야기

사람들 감성에 호소력이 짙은 마당놀이를 나는 무척이나 좋아한다. 역할을 맡은 개개인의 몸짓마다 특색이 있어 등장인물 한 사람 한 사람을 실감나게 표현해낼 때면 절로 박수가 나온다. 심적 파동이 크다는 것은 내 안에 광대다운 기운이 들어있는 것이리라. 그래서 가끔 한 차례씩 광대놀음을 즐긴다. 그럴듯한 춤동작이라든가 소리다운 소리는 내지 못하지만 내게 주어진 일 앞에서 미치는 것을 주저하지 않는다.

고로 내 안엔 적어도 열두 광대가 살아간다. 이들은 어느 한쪽으로 크게 치우치는 일 없이 공존의 규칙을 지킨다. 본래의 나는 건망증이 심해 종종 그들 하나하나를 잊어먹고 사는데, 우연히 팔이 여럿이거나 얼굴이 여럿인 불상을 맞닥뜨리면 저절로 갸웃갸웃 내 안의 나를 센다. 이중적인 행동을 보이는 사람에 대해서야 단연 못마땅해 하면서도, 겨드랑이에서 솟아난 팔이 부지기수인 형상을 만날 때면 돌아서서 슬며시 미소 짓고 있는 나를 본다. 육안으로 보이는 것이 겨드랑이이지, 잘 들여다보면 사람들 흉부의 지시이며 일일이 표현할 수 없는 두뇌의 숨겨진 촉수이지 싶다.

누구나의 삶이 그렇겠지만, 한 사람의 기초가 되는 것들을 따라가 보면 그리 고상하지도 않고 아름답지만도 않다. 몸 하나로 정신 여럿을 아우르고 뒤뚱거리며 가다가 때로는 힘에 겨워 두 다리를 뻗고 대성통곡도 한다. 내 안에 깃든 열두 광대도 그리 변변한 것이 못 되는 집을 확보하고 있다. 하지만 나름대로 애틋한 각기의 공간을 지키며 희열에 찰 때가 있으니, 주축이 되는 그 '들보'라는 것이 참 희한하다.

첫 번째 이야기가 딸의 자리에 대해 자주 생각하는 광대이다. 어떤 연유로 그분들의 딸로 태어났을까. 어떠한 고리로 연결 지어져 세상에 나와 어린 날 그분들의 보살핌을 받고, 자라서는 반포조와 비슷한 몸짓으로 어버이를 기쁘게 하려는 행위에 연연했는지 곰곰 따져볼 때가 있다. 가슴속에 앙금이 쌓여 꾸역꾸역 눌러 새김질을 하면서도, 은유에 능한 아버지 곁에서 걱정거리 하나 없는 아이처럼 생글거렸다. 더러는 말로 못 하는 내용을 글로 옮기기도 하면서. 그것이 그녀 특유의 예쁜 짓이었다.

두 번째는 한 집안의 며느리로 살아가는 광대이다. 이 길은 곧 '뼈 묻을 곳'이라고 친정에서부터 배워왔다. 앞뒤 다 잘라내고 시집살이에서는 '외양간의 소'만 벗하면 된다 하였다. 앞집, 뒷집, 옆집, 아랫집이 죄다 피붙이인 마을에서의 언행은 자유롭질 못해 사방이 감시자의 눈길 같기도 했지만 친정어머니가 뇌리에 심어주신 외양간의 소가 벗이 되어 지낼만

하였다.

무엇보다도 '시댁' 하면 고부간이 화두인데, 시어머님과 여성은 황후와 몸종 같은 존재였다. 시어머님이야 여성을 딸이라 일컬었고 여성도 한동안 신이 나서 그리 믿었지만, 그분의 말년을 돌이켜보면 그녀는 그분을 위무해드리는데 명수인 시녀였고 이야기꾼이었다. 와병 중에 번번이 발을 빼려 벼르다가도 "얘야,"하는 음성에서 벌써 신변을 다 파악하여 쪼르르 달려가 호호 불어드렸으니…. 모순되게도 그런 여성에게 시어머님은 "이년아, 저년아"를 입에 달고 지내셨다. 그러구러 그분과 이별한 지 이미 여섯 해, 여성은 시어머님의 욕말이 그립다며 빈 하늘을 본다.

세 번째가 한 남자의 아내로 살아가는 몫의 광대이다. 처음엔 콩깍지 씐 눈으로 얌전하게 생긴 남자를 믿었다. 새둥지로 말한다면 봉황은 못 되어도 우직하니 까치집 정도는 지어낼 수 있는 재목감으로 점쳤다. 혹 미흡한 점이야 아녀자의 품으로 보완해주면 될 것이라 여겼다. 그리고 그에게 딱 잡혀 살길 작정하고 둥지를 틀었다. 밖에 나가 만만히 여길 사람 없으니 집안에서 안사람이라도 이기라는 속뜻으로, 곤곤한 발을 닦아주는 등 엽렵한 색시 노릇을 하였다.

그러나 동고동락한 지 스무 해를 넘기고서야 터득한 것이 있으니, 사람에겐 타고난 그릇의 크기가 있다는 점이다. 아무리 큰 둥지에 앉히려 해도 참새 둥지 주인장 정도의 그릇임에랴. 그것을 알아챈 여성은 이제, 남편의 무디어가는 날갯짓

앞에서 그저 헤프게 웃는 하회탈이 되어간다. 천성적으로 웃음 많은 그녀지만 이렇게 되기까지는 심산유곡에서 도 닦듯이 움츠린 세월이 길다.

이밖에 두 아이의 엄마로서, 형제들 간의 윗자리에서, 그리고 동서들 간의 중간 자리에서, 각기 처한 공간에 따라 다른 사람이 된다. 문학의 길에서는 삶의 진솔한 면을 두런거리는 수필 쓰는 사람으로, 함축된 언어로 서정을 노래하는 시인으로, 그리고 서사의 힘을 받아야 하는 소설의 성향으로, 더 나아가서는 글을 지도하는 자의 입장으로 각기 다른 색깔의 광대가 된다.

이렇듯 삶의 요소요소에서 균형을 잘 유지하려 하지만 솟구치는 기운의 대표적인 예를 꼽는다면, 아무래도 사랑이라는 올무에 걸려 너울대는 어름사니라 하겠다. 이때 공중에 띄워진 줄이 수평으로 잠잠해질 때까지, 겅중거리는 광대의 몸짓은 쉬 멈추어지는 것이 아니니까.

이러니저러니 해도 숨소리조차 크지 않은 또 하나의 자신을 만날 때, 그 광대는 지극히 순연한 자연의 일부가 된다. 돌이 되었다가 물이 되었다가 바람이 되었다가 하며 사람으로서 가장 순박한 본연의 모습을 본다. 그럴 때는 자기안의 온갖 귀가 열리고 몸의 세포가 올올이 깨어난다. 그리고 한 번도 도달해보지 못한 이상세계로의 안내를 받는다. 하지만 현실을 지탱해가는 사람으로서 그런 공간에서의 체험은 결코 길지도 흔하지도 않다.

어쩌면 우리들 영육에 깃들어 살아가는 이 복잡한 기운들이, 사람의 한 생을 책임지는 들보인 모양이다. 그렇기에 저마다 그것들의 희롱을 부인할 수도 뿌리칠 수도 없는 것이리라. 그럴 바엔 아예 마음의 눈을 더욱 밝혀 그것들을 덥석덥석 그러안는 수밖에. 한낱 물거품일 수 있는 일상 속에서 생의 들보로 들썩이는 몸짓들을 잘 안고 업고 노는 일도, 우주라는 큰 공간에서의 스스로를 가지런히 정돈하는 길이다.

(2010. 11.)

흙의 화신(化身)과 악수하다
— 대평원의 나라 몽골 땅에서·5

야채 한 포기를 수확하기 어렵다는 나라 몽골. 그 땅 밀림 지대에서 옮겨온 열매들이 내 집에 온 지 보름 만에 꽃으로 핀다. 번데기처럼 오그라졌던 것들이 차츰 보송보송해지더니 부피를 키운다. 겹겹의 켜가 고른 간격으로 벙글며 꼴을 갖추는데, 상수리만 하던 어느 것은 아예 꽃잎을 올올히 피운 동백꽃 모양이다.

예사 꾐질에 잘 넘어가지 않는다고 여긴 내가 몽골여행은 꼬임에서 시작해 꼬임으로 막을 내렸다. 별을 볼 마음에 여행길에 나선 것이 그렇고, 꿈의 궁전 같은 야생화군락이 펼쳐진다 하여 장장 일곱 시간에 거친 산행을 한 것이 그러하다. 게릴라과의 안내원은 틈만 나면 야생화 운운하며 싱글벙글했다. 나는 산행을 앞두고부터 일행들과 말을 아끼며 에너지 소모를 막았는데, 그것이 내가 준비할 수 있는 신비의 화원에 대한 지극한 예우였다.

급경사비알

여행 나흘째 되는 날, 급경사 지대를 오른다. 돌비알이다.

멀리서 볼 땐 돌 하나가 없을 듯싶은 거대한 언덕이었다. 그저 모래나 흙으로 이루어졌을 것 같은 민둥민둥한 붉은 덩어리가 의아하게만 비쳤었다. 그곳을 한걸음 한걸음 디뎌가고 있다.

분명 산을 오르는데 한국 사람인 안내원은 '올'에 오른다고 말을 한다. 말꼬리를 잡고 되물을 열의도 없는 나는 그냥 지레짐작으로 '산이 아마도 올인가보다' 하며 따라 걷기에 바빴다. 뒤에 알아보니 산을 의미하는 '올'의 한자는 '우뚝하다', '높고 위가 평평하다', '돌비알이다' 등등의 풀이가 있었다.

안내를 맡은 H교수는 이곳에 오를 때마다 심한 바람을 만나거나 따가운 볕을 만났다고 한다. 우리가 등반하는 6월 21일은 1년에 2회 정도의 좋은 날씨라 하였다. 는개가 내리는데 연중 2회에 드는 길일이란다. 하긴 더워서 숨이 턱에 차는 것보다는 서늘한 편이 훨씬 나을 법하다.

해발 2,100미터의 산을 해발 1,400미터 지점에서부터 더듬어가기 시작했다. 군데군데 약 한 뼘 키의 해당화가 피어 군락을 이루고 있어, 우리나라의 섬마을 서정을 불러일으킨다. 그것도 잠시이고 급경사 언덕이 일행을 맞는다. 자갈이라 하기엔 조금 크다 싶은 돌이 표면을 이루고 있다. 풀포기를 골라 디딘다. 온전한 흙이 아니어서 돌 사이로 옮기는 걸음에 무리가 쉽게 왔다.

급경사 능선을 오르자 봉긋한 산마루에 여지없이 오보가 나타난다. 영기 어리었다 싶은 지형에 빼놓을 수 없는 오보. 땅과 하늘의 기운을 한데로 부른다는 돌탑에 청홍의 띠를 두른 장대가 꽂혀있다. 우리나라의 이쯤 구릉지대엔 여지없이 뉘의 무덤이 존재하는데, 몽골에서는 살아있는 사람의 안녕을 기원하는 상징물이 전망 좋은 곳을 차지하고 위풍당당하다.

돌비알을 거의 올라서야 썩은 나뭇가지 하나를 주워들 수 있었다. 짙은 안개 속에서 앞서 오른 사람들이 환호한다. 뒤로는 거대한 괴석이 버티고 있는데 괴석을 등진 사람들의 모습도 덩달아 기이해지려 한다. 거기서 또 한 차례 쉼을 하고 자욱한 안개 속에서 기념촬영을 했다. 그리고 숲으로의 진입을 한다. 금세 상쾌해진다. 자꾸만 탄성이 나오려 한다. 등반가들이 이 맛에 높은 곳까지 오르는구나 싶다.

얼마 뒤 다시 자갈길을 가로질러 걸어간다. 시원한 바람이 불어오니 가슴 속까지 서늘해진다. 저만치 아래로는 좀 전에 오르던 곳과 흡사한 돌비알이 펼쳐진다. 애초 오르던 곳의 반대편이다. 능선을 넘은 것이다. 그리고 군데군데 숲도 보인다. 이젠 입을 벌려 호흡하며 자연의 바람을 마신다. 탄성이 절로 나온다. 이 쾌감을 어찌 다 문자로 표현하랴. 우리는 그 가느다란 산허리 길을 돌아서 점점 깊은 숲에 잠긴다.

원시의 땅

아래서 보아온 것들과는 다른 야생화가 한들한들한다. 나목들이 꺾이어 군데군데 길을 막고 있다. 어느 나무는 뿌리로 돌무더기를 옹송그려 안은 채 바닥을 보인다. 그런 곳을 한참 더 지나 원시림 속에 들었다. 쭉쭉 뻗은 아름드리 침엽수림이다. 잣나무 숲이다. 이곳도 국립공원이라 한다. 길쭉길쭉한 열매들이 떨어져 있다. 어느 것은 상수리만 하고, 또 어느 것은 쪼글쪼글한 번데기 같다. 나는 그것들을 한 움큼 주워 가방에 넣었다. 한국에서 하던 버릇이다. 어딜 가면 솔방울 한 개라도 주워오는 습성이, 이채로운 열매 앞을 그냥 지나치지 못하게 했다. 축축하여 말랑말랑하다.

오르막 돌산을 네발로 기다시피 할 때보다 한결 여유로워진 나를 느낀다. 이젠 산행을 포기하지 않길 참 잘했다며 스스로를 기특히 여기는 마음이 생긴다. 그러는 중에 주먹만 한 분뇨덩이가 더러 눈에 띈다. 말똥이란다. 방목하는 말이 이 높고 깊은 숲에까지 자유롭게 누빈다는 증거이기도 하다. 뿐만 아니라 나뭇가지로 막을 쳐놓은 사람의 흔적도 있다. 잣나무 관리인이 수확물 체취를 위해 묵어간 곳이라 한다. 산짐승이 나오고도 남을 숲에서 대단한 증표다. 돌이끼와 나무이끼. 그야말로 원시림 속이다. 살아있는 나무에 은은한 옥빛이끼가 생경스럽다. 바위 위에도 해당화가 피고, 갖은 야생의 꽃들이 올라앉아 있다.

우리는 안내인으로부터 배운 복식호흡법을 반복하며 깊고도 평온한 원시림 지대를 지났다. 고원지대인 만큼 숨이 가쁘다. 입을 벌려 공기를 깊숙이 들이마시고 호흡을 길게 하는 것이 에너지 소모를 막는 방법이란다. 하늘을 찌를 듯한 숲의 기상. 전나무군락지가 넓게 이어진다. 완만하다. 거기서 또

한 번 쉼을 하고 가파른 길을 올라 드디어 야생화평원을 만났다. 자유시간이다. 처음 짚어본 지팡이가 이렇게 편리하고 요긴할 줄 몰랐다.

다시 힘을 얻어 다음 길로의 진입이다. 출발지점의 나무라곤 없던 급경사 길에 대면 숲속의 오르막길은 천상이다. 산길 걷는 맛이 제대로 난다. 저 높은 곳에 가야만 숨겨둔 꽃 평원이 펼쳐진단다. 꿈의 궁전이며 신비의 화원이 기다리고 있단다. 인생의 어느 경로가 그렇지 아니할까.

는개로 시야거리가 가려진 것이 아쉬웠지만, 나는 거기서부터 초자연을 생각했다. 자연이 나를 받아 안고 내가 자연에 흡수되어 얼마만큼 가벼워질지 스스로를 맡겨보기로 한다. 벼르고 별러 육신이 가 닿은 자리, 즉 잡다한 일상이 끼어들 수 없는 높고 고요한 지점에서 정신의 곡선은 어떠한 율동을 할지가 의문이었다.

고사목이 누워 길을 막으면 내 작은 키를 늘려서 건너고, 나무뿌리가 정글이 되어 길이 사라지면 키를 낮추어 앉은걸음으로 틈서리를 빠져나갔다. 그런 와중에도 물방울 매달고 함초롬한 야생화를 만나면 주춤주춤하면서…. 어느 고개 숙여 피는 꽃 앞에서는 카메라를 아예 바닥에 뉘였다. 함부로 만지기도 조심스럽고 꽃송이를 젖혀보는 것도 죄를 짓는 것 같았다.

멸(滅)과 생(生)을 만나다

드디어 앞이 확 트인다. 평원이다. 복홋도올 정상에 펼쳐지는 수평의 지대…. 아름드리 숲이 밀어 올리는 넉넉한 바람. 흔흔하다. 태어나 처음 맛보는 기이한 기운에 나는 거의 무아상태가 된다. 그런데 예상 밖에 만나는 움푹움푹한 자국—폐허다. 언제부터 생겼는지 모를 검은 흙 웅덩이들. 낮은 지대라면 물이 고였으련만, 비가 흔치 않은 지역을 증명하듯 까만 속살만을 보여주고 있었다.

이 높은 고지에 드러난 마른 웅덩이의 실체는 무엇일까. 게다가 새까맣게 타버린 나무와, 일부는 타고 일부가 남아 누런 가지로 서 있는 그야말로 반은 죽고 반은 살아있는 나무들…. 드문드문 자리한 키 작은 나무들은 오래전부터 동화나 신화 속에서 익혀온 삽화 바로 그것이었다. 곱디고운 꽃 평원을 만나러 온 길에 맞닥뜨리는 이 처참한 예시. 나고 죽고 나고—처음과 끝, 끝과 처음이 공존하는 분명한 증거. 저 폐허의 상흔이 어떠한 연유로 나를 이곳에 불러 이리도 많은 메시지를 안겨 주는가.

안개구름이 산머리를 감싸며 기암괴석 사이를 감돈다. 내가 알고 있는 단어의 조합에 극한 한계를 느낀다. 땅의 전령(傳令)은 이 높은 곳의 존재를 알리고 싶어 오랜 세월 묵묵히 기다린 것일까. 유추컨대 저 검은 자국은 번개 맞아 생겨난 땅의 상처다. 낙뢰로 흙의 조합이 패이고, 나무가 타고, 수많은 생명들이 생을 마쳤을 아린 흔적이다. 검은 웅덩이 주변으로 고향 뒷산에서 보아온 산나물이 즐비하다. '산마늘'이라 하며 뿌리째 캐다가 장을 지져 밥상에 올리던 향긋한 식물(일행 중엔 '산부추'라고도 함)이다. 몇 가닥 우물거려본다. 알싸한 것이 옛 맛 그대로다.

갑자기 유년기로 돌아간 듯 가슴이 일렁인다. 멸과 생을 만난다. 죽고 나는 이치를 확인한다. 죽었어도 살고 살았어도 죽은 혼령들이 휘휘 떠돌고 있는 듯한 기운에 정신을 가다듬기 바쁘다. 출산을 마친 여인의 자궁이 바로 저 폐허의 모습일까. 저렇듯 검은빛으로 퇴락하여 점점 땅 가까이로 다가가다 아예 흙 속에 잦아드는 것일까. 그리고 오랜 세월을 돌아 다시 알토란같은 뿌리를 보유한 식물등속을 품게 되는 것일까. 어머니의 어머니와 할머니의 할머니가 종잇장 같은 경계를 넘어 시커먼 웅덩이 속에 어린다.

가슴이 더욱 먹먹해진다. 결과적으로 나는 이토록 검게 패여 나간 땅의 일부를 보러 온 것이로구나. 그 실체가 알록달록한 꽃을 내세워 사람을 불러 올린 것이로구나. 아니, 산고를 체험하고 떠난 선대의 수많은 여인네들이 나를 이곳으로 인도한 게로구나. 환원의 숨결 일렁이는 이 고원지대에 폐허의 자궁이 있다고는 사전에 귀띔조차 없었던바, 나는 이 비밀스런 충격을 조용히 가무린다. 그리고 숱한 세월 동안 무수한 생명을 키워온 흙의 화신과 악수한다. 나름의 의미를 품고 호흡하는 초목들 앞에 경건해진다.

생명체는 애초 어디서 와서 어디로 가는 것일까. 광활한 세상을 살아가며 만나는 절대고독이란 바로 이런 극점을 의미하는 것일까. 온몸이 는개에 젖어 으슬으슬한데, 가슴은 이루 말할 수 없이 벅차오른다. 생의 환희에 뜨겁다. 세상에 나서 같은 시간대를 건너고 있는 무수한 생명들이 내재된 의식의 고리에 엮인다.

일행은 누가 먼저랄 것도 없이 손에 손을 잡고 서로의 기운을 나눈다. 코앞조차 분간키 어려운 타국 땅 산꼭대기에서 빙글빙글 돌며 강강술래를 한다. 콧등이 시큰해진다. 생의 여정에서 만나는 고독이란, 외로움에서 기인되는 것이 아닌가 보다. 외려 내적으로 공유할 존재가 있을 때 몰려오는 은근한 파동이지 싶다. 나는 그 파동을 온몸으로 껴안는다.

사람과 초목과 아직은 흙에 묻혀 발아를 기다리는 미미한 생명체들…. 그 정령들이 이루어내는 미묘한 기운을 어찌 다 표현할까. 어느 틈에 내가 그들이 되고 그들이 내가 되어 훠이훠이 춤을 춘다. 어우러지는 품이 아늑하다.

(2009. 5.)

화석(化石)

지구과학을 공부하는 아들이 겸재 정선(1676~1759)의 진경산수화 같은 돌조각을 선물이라며 내민다. 포항에서 직접 찾아낸 5천만 년 전의 굴화석이라며 신이 나있다. 그걸 받아 들고 있자니 풍화작용 속의 서늘한 바람이 내 가슴으로 스민다.

내게도 화초분 사이 다듬잇돌 위에 떡하니 올라앉은 돌이 하나 있다. 여러 해 전 여행길에 만난 나뭇잎 모양인데, 남한강가에서 후배가 집어 들고 환히 웃는 것을 내가 탐이 나서 저 자리에 두었다. 어른 손바닥 크기의 평평한 돌에 고르게 돋은 잎맥의 문양, 그것은 이미 내 눈에 띄는 순간부터 돌 자체가 아니다. 혈관이 툭툭 불거진 장부의 기상이다. 웬만한 세상살이에 끄떡 않는 아버지의 손등이며, 규모 큰 안살림으로 뼈마디가 굳어가는 아낙의 한숨이요, 역경의 시대를 살아낸 우리네 선인들 손이다.

어쩌면 이 모두가 아닐지도 모르겠다. 연인들끼리 강가에 나와 노닐다가 불현듯 사랑의 증표를 건네고 싶은 한 사람이 돌과 돌을 문질러 갈았나 보다. 거칠고 모난 면을 갈아 후후

붙고 물살에 씻어 두 손으로 어루만지며 정인의 가슴팍에 안겨준 것은 아닐는지.

그런데 아무리 들여다봐도 갈색 바탕의 희디흰 돌기에 의혹이 인다. 인위적이라 치부하기엔 내 비유적 억지가 심하다는 생각이 들어 자연적인 쪽으로 다시 돌아온다. 우리네 얼굴의 땀샘인 양 촘촘한 바람구멍에서 들려오는 노랫가락이 살아 움직이는 이들의 숨결로 와 닿는다. 가장자리의 둥그스름한 부분은 어찌 저리도 고운 곡선을 유지할 수 있었을까. 새삼 어떠한 일에 타협이 잘 이뤄지지 않아 불뚝거리는 내 성미가 부끄럽게 느껴진다.

애초부터 저 모양의 둥글납작한 돌은 아니었을 것이다. 큰 바위에서 한 귀퉁이 떨어져 나와 비바람, 흙과 물살에 대항하다 쓰러지다 나동그라져 뒹굴며 유유히 세월을 보내고 있었겠지. 그러다가 어느 인부의 손에 걸려들어 수많은 연인들이 산보하는 강가의 제방 둑에 옮겨졌으리라. 그것을 들여다보며 종종 만 가지 상념에 젖는다. 어느 때는 먼저 발견한 이에게 어서 돌려줘야지 생각하다가 더러는 잊고 살아, 그도 그간에 잊었겠지 한다.

그러는 가운데 이젠 저 물건이 우리 집의 화석이 되려 한다. 장아찌 눌러두는 돌에 간이 배듯, 내 숨소리와 화 잘 내는 성정까지 울안에 둔 돌에 배일 것 같아 한 차례씩 마음결을 가다듬게 된다.

날이 갈수록 굳어져 가는 사람의 성향도 각기의 화석이다.

변화하는 물살 속에서 고정관념을 깨지 못하는 것이 자신이나 타인에게 얼마나 무서운 복병인가.

10여 년 전 서해 간척지로 공룡알 화석을 찾아간 일이 있다. 화성시 송산면에 살고 있는 초로(初老)의 유지 한 분이 특별히 안내를 한다며 앞장서고, 서예가로 정평이 난 원로문인 한 분과 나는 묵묵히 뒤를 따랐다.

차가 멈춘 곳엔 해초들이 무성했다. 삘기꽃도 하얗게 해작이는 등, 바다와 육지가 섞이고 있었다. 잡풀들을 젖히며 1킬로미터쯤 나아가자 작은 섬이 나타나는데, 이곳이 망망대해였을 때에는 겨우 머리꼭지만 드러내고 짠물에 앙가슴까지 묻었을 바위섬이다.

섬 언저리에 다가가자, 앞선 노인이 발길을 멈추며 우리들에게 공룡알을 찾아보라 한다. 나는 어린 날 보물찾기 하던 실력으로 섬을 샅샅이 훑었다. 거친 길을 헤치며 움푹움푹한 바위층 구멍을 들여다보았다. 남보다 먼저 둥그런 알 화석을 찾아들고 환호할 요량이었다. 아닌 게 아니라 사람 몸이 들어가 앉을 법한 공간이면 죄다 쥐라기시대의 주인공들 냄새가 나는 듯하였다. 무리끼리 보금자리를 틀고 고락을 함께 했을 그 냄새! 나는 한껏 동심이 되어 풀밭을 누볐다. 꿩들이 푸드덕 날고 토끼들이 화들짝 놀라 달아났다.

한참 동안 우리들 하는 양을 지켜보던 노인이 빙그레 웃으며 묻는다.

"그래. 공룡알 화석은 만나 봤습니까?"

나는 재빠르게 팔을 뻗어 섬에서 가장 크고 완만한 타원형의 공간을 가리켰다.

"하하하. 그만하면 섬 공부는 한 것 같으니 이리들 오시지요."

내 예상은 크게 빗나갔다. 공룡알 화석은 큰 바위층에 있지 않았다. 더 오래전에야 바위였을지 산이었을지 모르지만 지금은 쉽게 지나칠 수 있는 나지막한 지대에 소반 모습으로 펼쳐져 있었다. 대접을 땅에 놓고 흙을 채운 크기로 동글동글한 둘레의 선이 지층에 붙박인 채로. 워낙 공룡의 몸집이 거대하다 했으니 그것의 알도 한 아름은 족히 될 줄 알았는데 내 기대가 허탈하게 무너지는 순간이었다.

발길 돌려 나오는데 구멍 숭숭한 바위 언덕에서 인동초 한 떨기가 희붐한 눈길로 나를 응시한다. 그 질긴 생명력에 발길 잡혔던 나는 오랜 시일이 지나도 그곳에 의식이 붙박여, 그 이전 생명체들의 노랫가락에 귀를 기울인다.

돌이켜봐도 공룡알 화석은 모체의 뼈대에 비해 결코 크지 않았다. 그럴 것이라고 자리 잡았던 내 머릿속 무지의 화석이 비대했을 뿐이다. 한데 비대한 꾸러미가 어디 이뿐이랴. 지금 이 순간, 수많은 사람들은 저마다 어떠한 고정관념의 화석을 만들며 길을 걸어갈까.

(2010. 12.)

화태로 간 사람들

시간은 비켜가는 것을 취미로 한다. 탯줄로 묶인 혈육 간이거나, 정신의 오라에 얽힌 연인 간이거나, 사소한 흠조차 보듬을 수 있는 이웃 간이거나, 가히 인정을 두지 않는다. 그래서 만나야 할 사람들이 서로 부둥켜안지 못하고 인생의 뒤안길에서까지 눈물 바람인 경우가 있다.

아버지는 화태로 붙들려갔다는 큰아버지 이야기를 자주 하셨다.

"두 분의 형님이 계셨는데 작은형님은 내 말이라면 무조건 따르고, 글 모르는 큰형님은 고집이 좀 셌어. 그날 사건이 일어나던 날도 그랬단다."

아버지의 이야기는 쉬엄쉬엄 이어졌다. 가슴속의 멍울을 풀듯 웅얼거리는 속말이다. 농사일에 지쳐 약주를 드시는 날이면, 늘 그 한 가지가 더 얹혀져 꺼욱꺼욱하셨다. 목 안으로 넘어가는 천근의 무게가 애달파 나는 아예 모르는 척 할 때도 있었다. 그렇게 밤이 이울면, 아버지는 또 혼잣소릴 하며 술잔을 비우셨다.

"그날…, 아침부터 마을에 불길한 기운이 돌기 시작했지.

순사놈들이 동구 밖에 나타나서 청년들을 마구 붙잡아가는 게여. 그걸 보고 나는 서둘러 형님들과 함께 뒷산으로 갔지."

그때 그것이 갈림길이었단다. 두 능선이 앞을 막고 있는데, 어느 쪽으로 피신해야 들키지 않을지를 점쳐야 했다는 것. 결국 막내인 아버지가 지혜를 모아 방책을 내놓기에 이르렀다. 다른 능선으로는 얼씬도 말고 지정된 능선의 바위 뒤에 숨을 것을 권유한 것이다.

"그러나 큰형님은 내 말을 안 들었어. 내가 가리킨 반대편 능선에 숨었다가 꼼짝없이 잡혀가고 말았지. 어머니 앞에 작별 인사를 하며 후회해봤자 소용없었다고."

아버지는 그 대목에서 더 이상 말을 잇지 못하였다. 왜 아니랴. 날로 극에 달하는 전쟁의 소용돌이 속에서 마구잡이로 인력을 착취해 간 그들의 횡포를 누가 모르랴. 전쟁터의 희생양으로 필요했고, 공장의 물자지원에 필요했으며, 해저 깊은 곳에서까지 광물 캐내는데 필요해 그럴듯한 술수로 명분을 내세웠던 그들이 아니던가.

"우리 돈으로 10원을 부쳐왔더구나. 전표를 받고 막 찾으러 가려는데 하루 뒤에 바로 해방이 되었어. 그 돈을, 그 기막힌 돈을 찾지 못하고 사람도 못 오고…. 그러니까 너희들도 고집을 아무 때나 내세우면 못 쓴다."

애증이고 당부였다. 헛짚은 큰아버지의 고집에 대해 완강히 막아보지 못한 회한이었다. 그날 그때 한 번만 동생의 말을 믿어줬더라면 하는 아쉬움이 세월의 강을 건너면서 원망이 되어 안으로, 안으로 몸부림치는 것이었다. 그것이 거나하게 오른 술기운과 어우러져 멈춰지지 않는 노래로 아버지의 폐부를 훑고 있었다.

"다 부질없다. 부질없어. 살았으면 우리 동네서 연세 제일 높은 ㅇㅇ네 할아버지와 동갑이니 지금껏 못 살았을 거다. 그 환경에 살았어도 아마 골병들었을 게여."

체념이었다. 그리움이 넘치면 체념이 되는 것을 나는 아버지를 통해 배웠다. 하여 자연스레 큰아버지 한 분은 옛이야기 속에만 존재하는 분이 되었다. 그리고 우리 돈 10원에 한 번도 뵙지 못한 그분의 얼굴이 어리곤 하였다.

재일조선인 1세대 박경식 씨가 필생의 연구로 내놓은 ≪조선인 강제연행의 기록≫에 보면, 일본 북해도에 끌려가 탄광 노동자로 강제노역을 당한 사람의 생생한 증언이 실려 있다.

— 아침에는 4시에 일어나 5시 반에 갱에 들어갔다. 오후 7~8시가 되어야 겨우 숙소에 돌아왔다. 9시 정도가 되어 잠이 드는데 방에 들어가면 자물쇠가 채워져 있었다. 모두 외출하는 것을 막아 마치 형무소와 같았다. 아니 훨씬 혹독했다.(중략) 하루에 5엔 준다고 해 놓고는 실제는 3엔도 주지 않았다. 3엔을 받아도 갱을 들고 날 때 신는 신발 빌리는 값 1엔 15전, 짚신값 30전, 이부자리값 35전, 식비 1엔 20전, 이 밖에 담뱃값을 빼고 월말 정산하면 1~2엔을 받는 것이 고작이었다. 오히려 빚을 지는 일이 많았다….

그나마 살아왔기에 이런 증언이라도 남길 수 있는 일이다. 현실에 치어 명을 달리한 사람들은 진작 불귀의 객이 되어 한 많은 하늘가를 떠돌고 있지 않은가.

어머니 보고 싶어
배가 고파요
가고 싶다
고향에….

조선인 탄광 징용노동자가 지하 갱 벽에 새겨놓았다는 이 문구를 어떻게 해석해야 할까. 우리들의 삼촌이며, 아버지였을 그들의 비통함을 우리는 과연 어느 정도나 헤아릴 수 있을까.

'화태'는 '사할린'의 다른 이름이다. 러일전쟁으로 줄다리기가 심했던 섬으로 지금은 러시아 영역에 들어있는데, 그 지명이 어린 날부터 귀에 익어 큰아버지와 화태는 내 의식 속에서 하나로 공존한다. 그러하건만 나는 그간 그곳이 어디쯤인지 알아보려 하지 않았다. 그러다가 10여 년 전 적나라하게 묘사된 ≪정신대실록≫을 접한 뒤로 생각이 달라졌다. 참으로 들추기 어려운 진실을 만인 앞에 드러내며 처절한 역사의 아픔을 일깨워준 위안부 할머니들이 위대해 보이기까지 하였다. 한 분 한 분 소진해가면서까지 있는 힘껏 과거를 고발하는 일념이 한없이 애처로웠다. 일그러질 대로 일그러진 여인들의 삶에 대해 어떠한 인정의 말을 얹으랴. 그것은 곧 내 혈육이 일본 땅에 끌려가 돌아오지 못한 데서 오는 연민일 수도 있다.

그런데 요즘 갑자기 엉뚱한 생각이 든다. 강제징용 간 사람들이 대부분 돌아오지 못하였기에 지레 체념한 터이지만, 또 눈앞의 식구들 건사하기도 급급해 널리 찾아볼 여력이 없었지만, 그래도 너무 일찍 포기한 것은 아니었는지 새삼 되짚어보게 된다. 더구나 사할린에는 약 4만 명의 한국인이 살고 있다고 하는데 그들 중 한 명이라도 혹여 나와 사촌 간은 없을지 꿈같은 의문을 품어본다.

생각이 이에 미치니 그 땅의 사람들이 예사로 보이지 않는다. 파파노인들은 모두가 내 삼촌이요, 머리카락이 희끗한 초로들은 사촌이며, 청장년층 역시 조카들로 와 닿는다. 시간은 이만치 비켜있는데, 나라의 불운에 밀려 화태로 간 사람들 누구라도 부둥켜안고 한바탕 울어주고 싶다. 그래서 그들의 가슴속 멍울이 풀릴 수만 있다면 이 짧은 팔을 늘려서라도 들썩이는 어깨들을 다독이고 싶다.

(2011. 8.)

목리(木理)와 새

요즘 종종 비둘기 두 마리 창가에 날아와 논다. 잿빛과 흰빛인데 한참 동안 앉아 앞산을 응시하거나 슬금슬금 내 동태를 살핀다. 구순하게 서로 마주 보는가 하면 고개를 갸웃갸웃 둘이 꼭 같은 방향을 본다. 그런 모습이 기특하고 듬직하다. 나는 그들이 날아가기 전에, 하던 일에 몰두한다. 컴퓨터 앞에서 글을 쓰거나 책을 읽거나 나름의 세계에 빠져있다 보면 어느 틈에 보이지 않는다. 그러다가 잊을 만하면 한 차례씩 다가와 친근한 길손인 양 무언의 말을 건넨다.

내게는 새 두 마리가 있다. 십 년 넘게 책장 한 자리에 둥지를 틀었는데 늘 비상하는 자세를 취한다. 얼핏 보아서는 울퉁불퉁한 통나무를 가로로 자른 두 개의 물상에 불과하다. 두툼하게 잘라낸 나무를 지인에게서 얻어온 것인데 그것들이 새가 되었다. 미색의 나뭇결 안으로 들어앉은 암갈색 참새 두 마리는 동그란 머리에 부리가 얌전하고 모이주머니가 도도록하다. 활짝 펼친 날갯죽지가 힘차고 뒤로 뻗친 꽁지깃 역시 날렵하니 곧다. 딱히 암수 구분이야 되는 게 아니지만, 보고만 있어도 사랑이 충만해지고 상승기류를 타니 희한한 일이다.

서울의 일본식 주택에 살던 지인이 개발바람으로 이사했다며 한 번 다녀갈 것을 청해왔다. 하여 외곽의 소도시로 옮겨 앉은 집을 방문했는데, 이전 집 뜰의 향나무가 아까워 베어왔다며 통나무 더미를 가리켰다. 너른 정원에 성성하던 그 나무를 나도 몇 번 보아온 터라 기념 삼아 조금 얻어오게 되었다. 냄비받침이라도 하겠다는 의도였는데 투박하니 그다지 멋은 없었다. 거무튀튀한 껍질도 눈에 거슬리고, 자연 그대로 삐쳐나온 곁가지들도 맘에 들지 않았다. 솜씨를 부려본다면 가장자리 돌기부터 매끄럽게 다듬어내고 싶었다. 하지만 차일피일 미루며 향기라도 맡을 요량으로 식탁에 올려두었다. 향을 피울 때 이런 향나무를 얇게 저미어서 조금씩 덜어 쓰던 어린 날의 향수에 젖어서이기도 했다.

우리가 잘 알다시피 생이 다한 뒤 목재로 쓰이는 나무가 있는가 하면, 방을 덥히는 장작감도 있고 젓가락감도 있기 마련이다. 더러 '부엉이방구'라는 옹이는 조각가들 눈에 들어 새의 몸통구실을 튼튼히 해낸다. 헌데 암울한 왜정시대부터 일본식 건물 담장 안에서 생장한 조경수의 일부가 새로 환생하는 기적이 일어나다니…. 그녀 B가 내 집을 방문한 바로 그날부터다.

펄펄 끓는 된장뚝배기를 막 내려놓으려는 찰나, B는 예의 그 냄비받침을 집어 들며 "와! 새다!" 하고 탄성을 질렀다. 요리조리 돌려보며 새 맞다 한다. 나는 눈이 휘둥그레져 한 개가 더 있다 했더니, B는 낚아채듯 두 개를 번갈아 보며 반색을 표했다. 이런 물건은 귀한 것이니 잘 간직하란다. 그러고는 나무새 한 쌍을 맞은편 내 책장에 세웠다. 그때부터 이 자연물은 우리 집의 보물이 되었다.

그 무렵 B는 처절하게 가슴앓이를 하고 있었다. 가장의 바람기로 속이 헤질 대로 헤져 감성이라곤 죄다 소멸된 줄 알았는데, 나름 슬기롭게 난관을 헤쳐나가고 있었다. 감정이 솟구칠 땐 가장이란 작자를 다시 안 볼 듯 대하다가도, 산책길에 내가 동행이라도 해보면 어느새 순연한 여인이 되어 악몽의 시간들을 잠재우고 있었다. 더 이상 탁해지지 않으려는 그 순정이 다행스러웠다. 하얀 메밀밭을 보면 자갈밭을 일구던 처녀 농군 시절로 돌아가 먹을거리 귀하던 한 집안의 맏딸이 되고, 양귀비 하롱거리는 공원에서는 들끓는 가슴속의 색채들을 애써 다독이는 듯했다. 하지만 널따란 꽃동산을 돌며 자녀들과 기념사진을 찍을 때는, 피사체 너머로 내리눌리는 그녀의 고독이 보였다. 한껏 웃고 있지만 가슴은 잿빛 빗물로 흥건했다. 화들짝 날아오르지 못하고 움츠린 새라고나 할까.

책장에 가지런한 새 한 쌍은 볼수록 신비롭다. 키도 같고 모양도 비슷하다. 천상 연인이고 정 좋은 부부상이다. 서로 뜻이 잘 통해 말이 필요 없는 관계로도 보인다. 나는 이들을 바라보며 가끔 짓궂은 장난을 친다. 내 맘이 토라질 땐 각자 밖을 보게 하고, 사랑으로 그윽할 땐 서로 마주 보며 부리의 평행을 이루게 한다. 그러고 나면 놈들이 금세 퍼덕퍼덕 다가서며 사랑을 나눌 것 같다. 한때나마 부부간의 갈등으로 번민에 차 있던 이들도 딱 돌려세워 서로 마주 보게 하면, 우리 집 새들의 포즈가 나올 수 있을까. 그쯤 생각하는 것만으로도 반 이상 화해가 이뤄지는 느낌이다.

가만히 본래의 나뭇결을 살핀다. 장정의 두 손에 쏙 들어 찰 굵기이다. 더디 자라는 향나무 특성답게 목리가 촘촘하다. 나이테 수를 헤아리니 얼핏 백 년은 됐음직하다. 건물 구조가 일본식이라는 사실만으로도 어림짐작하고 남을 일이다. 이 나무가 애초부터 묘목으로 그 뜰에 든 것인지, 어느 정도 자란 뒤에 옮겨 심은 것인지는 아는 바 없다. 다만 일본식 건축 양식과 향나무란 특이점이 오래도록 내 의식을 붙들고 놓아주지 않았다.

이 나무의 생장 기간을 백 년이라 할 때, 시작부터 수령 오십 전후에 이르기까지 새의 무늬가 만들어졌다고 볼 수 있다. 뾰족한 부리의 생성과정이나 날갯죽지 치 세운 모양, 그리고 뒤로 길게 쭉 늘어난 꽁지깃의 무늬들이 아무리 보아도 예사롭지가 않다. 그 시대 이 땅엔, 역사적 눌림 속에서 비상을 꿈꾸는 사람들이 얼마나 많았던가. 담장 안팎에서, 나라 안팎에서 뜻을 펴지 못한 채 속울음 쟁여온 선인들의 한숨 어린 발자취가 폐부에 스민다. 일제 치하에서 우리말을 잃고, 이어진 전쟁으로 생이별을 하면서도 차마 드러내지 못하고 한 세기를 살다 간 어버이세대의 삶을 응집된 나무의 결을 통해 재삼 확인하다니. 긴긴 세월 사람들 내면에 옹송그렸던 염원이 이처럼 선명한 무늬를 키워온 것일까. 그렇다면 문명 속에 서 있는 이 시대 무수한 나무들은 어떠한 무늬로 속결이 채워질까.

다시 포동포동 살 오른 향나무새를 본다. 저 둘이 친구 간이어도 좋고 형제간이어도 좋고 연인 간이어도 좋다. 그리고 부부간이어도 좋고 장돌뱅이여도 좋고 애국지사여도 좋다. 죽어서 내 울에 들어 날갯죽지 건재한 한 쌍의 새로 거듭난 것은 어차피 저 나무들의 몫이고 운수인 것을…. 이미 그 침묵의 언어를 알아들으라는 막중한 사명이 내게 부여된 터, 무디어진 세포를 올올이 열어두고 저들이 전하는 작은 소리 하나까지 놓치지 말 일이다.

(2018. 1.)

chapter 4

순환(順換)의 톱니

정점(頂點)

피었다. 큰 품을 드리운 벚나무에 꽃이 만발했다. 고개를 젖혀 둘러보아도 벙글지 않은 송이가 없다. 둥실한 몸통을 찢고 나온 줄기에서도 벙싯 웃고, 아치형 너울의 가지에서도 망울들이 한껏 입을 열었다. 한데도 전혀 수선스럽지 않고 우아한 품격이 느껴진다. 그 아래를 걷는 이들이 죄다 선계(仙界)의 그림이 된다. 나도 꽃잎을 이고 서성이며 그림 속에 묻혔다가 구경꾼이 되었다가 하는데, 불현듯 뜻을 이룬 사람의 흔흔한 모습이 연상된다. 그것이 묘하게도 팽이 치는 장면과 맞물린다.

팽이를 돌린다. 갸름한 끝점에 쇠구슬 박힌 나무팽이를 곧추세운다. 손가락 굵기의 채에 수술을 달아야 짝이 맞는데, 무턱대고 채찍질만 해대서는 팽이가 돌 리 만무하다. 몇 번 뒤뚱거리다가 나자빠지기 일쑤다. 우선 두 손에 기를 몰아 바닥에 세워야 하는데 이 과정이 녹록지 않다. 글 쓰는 사람이 온 정신을 가다듬어 서두를 시작하는 것이나 다를 바 없다.

팽이가 막상 돌기 시작하면 몸뚱이를 채찍으로 돌려쳐야 한다. 선불리 힘만 써서는 실패하기 십상이고, 강약의 세기를 조절하며 밑동과 몸통에 고루 반주를 넣어야 탄력을 받는다. 문장의 호흡조절과 크게 차이가 나지 않는다.

그 작은 것을 돌리기 위해 채찍을 든 사람은 등짝이 후줄근해지고 이마에 송글송글 땀방울이 맺힌다. 온몸의 기가 팔에서 손목으로 내리 달린다. 그 다음 영육 간 최대의 기운이 팽이에 전이된다. 상념의 뜰에 투영되는 물상들이 걸러져 손끝을 통해 원고지에 가 닿는 이치이다. 이러한 조율이 적절했을 때, 고맙게도 팽이는 빙글빙글 원을 그린다. 구상에서 구성으로, 구성에서 문장으로, 그리고 문장을 통한 의미들이 시나브로 글을 끌고 갈 때이다.

이 맛이 쏠쏠하여 팽이 윗면의 나이테를 따라 색을 입히기도 한다. 그러고 나면 색상이 돈다. 둥그렇게 노랑, 빨강, 파랑…. 그 어우러짐이 사람의 정신세계에서 일어나는 심리적 변화로 다가온다. 무(無)에서 유(有)를 찾아 형상화 시키는 작가도 이때는 비로소 자기가 그려낸 생의 무늬를 확인하게 된다. 미온 상태였다가 점차 강렬하게, 그러다가 서늘하게…. 의미의 공간들이 축을 중심으로 자리를 확보한다. 그 언저리엔 아무리 미미한 샛가지들이라 해도 얼씬할 틈이 없다.

팽이의 회전에 가속도가 붙으면 채찍을 쥔 팔의 노동은 한결 줄어든다. 손목의 힘만으로도 가능하여 쉬엄쉬엄 밑동을 건드려준다. 돌고 있는 것이 그 톤을 유지하게끔, 채찍이란 보조 장치가 있다는 정도만 알리면 된다. 그럼 그 깜찍한 것은 끄떡끄떡하며 맴돌다가 절정에 이른다. 도는 듯 멈춘 듯 제자리에서 반경이동을 하지 않는다. 알록달록한 색상들도 경계를 구분할 수 없게 된다. 채를 든 사람은 물론이고 구경꾼들조차 무아지경에 도달한다. 정점이다. 이를 두고 "동 섰다~!"고 너나없이 환호한다. 팽이치기에서 더 이상이 있을 수 없는 클라이맥스다. 채찍은 이미 무용지물이다.

나는 이제껏, 작가란 모름지기 그만큼의 정신적 자리에서 노니는 사람으로 보는 데 변함이 없다. 펜을 쥔 사람이 섬세한 정신운동에 의해 새로운 의미와 만날 때 진정으로 글 쓰는 맛을 누리게 된다. 다양한 색상이 입혀진 팽이가 정점을 향해 나아가며 혼합색의 조화를 이루듯, 만 가지 생각이 응집되어 커다란 의미 하나를 이루어내는 동안 고조된 기운이 한데로 몰리지 않는가. 이 기점을 흔히 신들렸다고들 한다.

일반적인 사람들의 삶도 마찬가지이다. 추구하는 어떤 일에 있어 그만큼 열과 성을 다한 후라야 전자에서 맛보는 절정에 도달하리라. 그때까지 얼마나 거친 숨결을 가다듬어야 하겠는가. 생애 어느 과정인들 소중하지 않을까마는, 기쁨의 극점은 누구에게나 존중되어져야 할 귀한 자리이다. 인생 전반을 돌아보아도 그러한 날들이 자주 있는 것이 아닌 까닭에 한없이 박수쳐 줘도 넘치지 않는다. 그래서 무(舞)의 경지에 올라 정점의 환희에 에워싸인 사람의 아름다운 미소 곁에서 경건해진다. 도는 듯 멈춘 듯 덩달아 호응하며 묵시(默視)의 결을 읽는 것이다.

(2015. 4.)

개 짖는 밤
– 1991年 어느 날

앞뒤 야산에 진달래 만발하고/ 뒤뜰의 앵두꽃 연분홍 망울 터트렸는데// 내 가슴속 감추어둔 복사꽃은/ 언제나 드러내고 활짝 웃을까// 지붕 끝 하늘 위로 종달새 노래하고/ 봄이라고 울어대는 해 질 녘의 개구리 소리….

14년 전 꼭 그맘때다. 앵두꽃 망울 부풀 때. 서른두 살 새댁이 봄의 정취를 못 이겨 일기장에 적어두었던 메모 구절이 낯설다. 청상이 신파조로 써내려간 낙서 같은 인상이라고나 할까.

도시에서 신접살림을 차린 새댁은 세 살, 일곱 살짜리 아들을 데리고 수원 근교의 시댁으로 향한다. 전세금에 사채를 얻어 남편 사업을 밀고, 사람 노릇을 자청해 전주이씨들이 밀집해있는 시댁 문턱을 들어선다. 반면 신랑은 이삿날 바깥마당에 짐을 부려놓은 후로 열흘에 한 번인가 다녀가고 말았다. 마음이 없어서가 아니라, 빚 얻어 시작한 사업의 부담이 커서 저물도록 일을 하고는 버스가 끊겨 사무실에서 쪽잠을 잔다. 그걸 모르는바 아니면서도 사랑방 귀퉁이에 깃든 새댁은 단

란하던 옛일을 그리워한다. 한 달에 서너 번씩 얼굴은 보지만, 신랑의 늦은 밥상조차 어머니와 시동생이 있는 안방으로 들여야 한다. 생선 살 한번 밥숟갈에 얹어줄 짬 없이 모자간의 대화에 민감해진다. 밥숟갈이 크면 "쯧쯧, 얼마나 허기졌으면 저럴까?" 하고, 밥숟갈이 작으면 "에이그, 얼마나 고되면 저리도 밥을 못 먹을까?" 하니 새댁은 점점 입이 붙어간다.

그렇게 여러 달이 가고 가을 깊은 날, 신랑으로부터 "오늘은 들어갈게." 하는 확답을 들은 새댁은 안마당과 뒤란으로 발걸음이 재다. 검둥이 똥 치는 거며, 힘든 들일에도 콧노래가 절로 나온다.

드디어 밤은 이우는데 개 짖는 소리만이 간간 들려온다. 그 소리가 먼 곳에서 들리다가 점점 가까워져 사랑방 흙벽을 타고 흐르면, 새댁은 화들짝 일어나 귀를 세운다. 그러나 사람의 발자국 소리는 들리지 않고….

새벽녘, 문고리를 풀고 나오는 새댁을 향해 대청마루를 내려서던 어머니가 한마디 한다. "얘, 넌 애비 본지가 얼마나 됐다고 또 오라고 했니? 어제저녁 연락 왔더구나. 차 놓쳤다고." 새댁은 어머니의 눈길을 피해, 대문간으로 종종걸음 쳐 빗장을 연다.

그런데 대문밖엔 온 동네 개들이 모여 우글댄다. 숫제 검둥이는 목장집 치와와와 한 덩이가 되어, 사람을 보고도 마당바닥에서 일어날 줄을 모른다. 사태를 알아챈 어머니가 물바

가지를 들고나와 발을 구른다. “어이! 어이! 어이….” 하면서도 차마 물세례는 안기지 못하는데, 몸집이 송아지만 한 수캐 한 마리가 엉덩이를 골목에 빼고 으르렁댄다.

—지금도 그 사랑채 바깥마당을 떠올리면 입가에 저절로 미소가 괸다. 그처럼 새댁을 애태운 장본인은, 다름 아닌 필자의 낭군이기에.

(2005. 4.)

절리에서 생(生)의 물결을 보다

그 섬, 길 열렸다. 여러 번 갔어도 섬에 직접 닿아보질 못했는데, 마침 썰물이어서 조개껍질 길을 걸어 그곳에 갔다.

섬이 가까워질수록 드러나는 절리 층이 짙은 갈색으로 발바닥을 자극한다. 묻어둔 내면의 울림이 고개를 든다. 어디서 보았더라. 어디서 걸었더라. 유명세를 탄 바닷가의 관광지 말고 사람들이 벌떼처럼 모이는 왁자한 곳 말고 소박하다 못해 아슬아슬해 가슴 저린 그런 곳 있었는데, 그래서 이렇듯 머뭇머뭇 모난 면을 밟으며 서성이고 있는데 파도 소리 철썩이며 밀물을 재촉한다.

사나운 폭풍우에 스러진 나무는 소금기 절은 바위에 거대한 둥치를 맡기고 있다. 흙에 엉거주춤 붙어있는 뿌리도 머잖아 분리되고 말 것이다. 그러면 나무는 얼마간 안간힘을 쓰다가 바람 부는 대로 데굴데굴 굴러서 물살에 휩쓸리겠지. 붉은 뿌리 감쌌던 자리에도 빗물 흘러내려 바다로 흡수되겠지. 그렇게 풍화작용에 의해 드러나는 땅의 뼈대를 작은 섬 찾아가는 길에 재삼 확인한다. 섬이 점차 침식되어가고 있다는 확실한 증거 앞에서 다독여둔 생의 물결을 만난다. 어디선가 분명

보았다. 언젠가 분명 걸었다. 그곳이 어디인지가 의문인데, 근래에는 산길을 걷다가 드러난 암석층에 가슴 설렐 때가 몇 번 있었다. 특히 계곡과 계곡 사이의 뾰족뾰족한 돌기를 만날 때 그 매끄럽지 않은 길이 왠지 좋았다. 마치 반가운 사람을 만난 것처럼 가슴이 쿵덕거렸다. 그런데 그것이 어떤 연유인지를 미처 알지 못했다.

섬에서 섬으로 가는 길이었다. 육지와 섬의 통로 시화방조제를 지나 대부도에서 작은 표지판에 마음을 빼앗겼다. '쪽박섬'이란다. 바가지 중에 크게 쓸모가 없고 가장 작은 것을 일컬어 그리 부르는데, 땅에 이런 직설적인 이름이 붙었으니 어떻게 생겼는지 확인해보고 싶어졌다. 그래서 표지판이 가리키는 소로(小路)를 따라 가보기로 했다. 육지, 그것도 내륙지방의 산골 아이로 자란 내가 바닷가 마을을 둘러보는 것은 생경스럽기 그만이었다. 주마간산 식으로 해안가를 드라이브하는 것쯤이야 이젠 일상이 되었지만, 소소한 지명에 이끌려 일정을 바꾸기는 흔치않은 일이다.

얼마쯤 나아가자 '고랫부리'란 이정표가 또 해학을 부른다. 짐작만으로도 지형이 고래의 입처럼 튀어나왔다는 뜻일 터인데 새에게나 어울릴 성싶은 부리를 바다의 생물에 붙였으니 이 지역 사람들의 천부적 비유에 탄복하게 된다.

쪽박섬은 대부도 불굴산 줄기 서쪽 해안에 뚝 떨어져 있는 바위섬이다. 큰길에서 아늑하니 내려앉은 분지 모양의 땅에 몇 채의 민가가 있는데 그 조용한 마을 길을 헤치고 다다른 바다에서는 물소리가 먼저 악수를 청해왔다. 과연 우측에 동동 떠 있는 바가지 하나! 척하니 저것이로구나 싶었다. 만조 때라 다가갈 수는 없었지만, 그 후로 나는 툭하면 이 해안가에 서 있었다. 태양이 이글거리는 여름철에도, 혹한이 몰아치는 엄동설한에도 이곳에 오면 오랜 지기를 만난 양 마음이 편안했다.

고즈넉해서 좋은 섬. 파도 소리, 바람 소리만이 벗하는 쪽박만 한 섬. 세인들에게 크게 어필되지 않아도 나름의 몫을 다하며 살아가는 사람인 양 그 품새가 대견하게 와 닿았다. 움츠린 듯 의연한 듯 제자리에서 정성껏 귀한 생명을 품어 키워내고 있을 작디작은 섬. 찾아가는 날마다 물살의 풍요에 젖어 늘 그런가 보다 했는데, 이날은 해안 끝점에서 조롱 바가지의 손잡이 쪽으로 살풋 길이 나 있었다. 걸음이 빨라졌다. 물살이 언제 덮칠지 몰라 잰걸음으로 다녀오기로 했다. 더구나 나는 산골 아이의 근성답게 만조와 조금 때를 잘 구분 짓지 못한다. 바닷가에서 자란 지인들이 열심히 설명을 해줘도 그게 잘 이해되지 않으니 과학적으로는 맹추이다. 게다가 겁은 많아 수영도 못하니 자연적 물을 두려워할 수밖에. 그러면서도 모처럼 열어 보인 길을 놓칠세라 섬을 향해 나아간다. 다가갈수록 거북이 한 마리 납작 엎드려 목을 뺀 형상이다. 첫인상 쪽박으로 여길 때보다 가슴이 곱절은 뛴다.

그런데 말이다. 발짝을 내디딜수록 쪽박이고 거북이고를 떠나 머리카락 꺼벙한 늙은 아버지가 거기 있었다. 일을 하다

힘겨워 몸을 반쯤 뉘이고 쉬는 형국이다. 지게 멜빵을 채 벗어 내리지 못하고 비스듬히…. 농사일에 절어 이발도 제대로 못하다가 장날에나 매끈하니 미남이 되시던 우리들의 아버지가, 쉬엄쉬엄 숨을 고르며 새 힘을 돋우는 인상착의로 수염조차 덥수룩하다. 절리를 이룬 언덕 위로 성근 잡목들과 소나무가 해풍을 벗하는데 그 풍광에 그만 그렁해진다.

고향 뒷산 길, 구릉을 개간한 서른 개가 넘는 뙈기밭에서 아버지는 조심조심 먹을거리를 지고 오셨다. 어머니는 메꾸리를 인 채 고무신이 닳았고, 일곱 동생의 누나인 나는 아기를 업고 양산 받쳐서 샛젖 먹이러 다니느라 허리병을 앓았는데, 그때 그 길에 이런 곳이 있었다. 제대로 걸어야 하는데 중심 잡기 어려워 넘어지기 십상이던 땅의 뼈대. 군데군데 습지대가 있고, 크고 작은 산도랑을 건너다니려면 피할 수 없던 복병이 바로 돌기 밭이었다. 그렇게 져 나르고 여 나르고 업어 나른 생의 여울목을 이 섬에 와서 만난다. 발바닥을 부추기는 날선 기운이 오래전의 발걸음과 해후하게 한다. 잊고 살던 생의 물결이 엉뚱한 곳에서 되살아나 일렁인다.

잠깐 사이 밀물이 몰려와 건너온 길의 폭이 좁아지고 있다. 저 편 해안에는 이전의 내가 그랬던 것처럼 사람들이 둘씩 셋씩 서성인다. 서둘러 나오는 길에 파도가 친다. 재빨리 이음길을 벗어난다. 그러면서 자꾸 뒤를 돌아본다. 물에 잠겨가는 비스듬한 절리 층이 무수한 말을 걸어온다. 반드시 어떤 무늬를 그럴싸하게 그려내야만 고운 이름이 붙겠는가. 비뚤빼뚤

균형이 잘 맞지 않더라도 어느 순간 누군가에게 특별한 울림으로 다가온다면 일품의 주상절리가 되는 것이겠지.

가슴 충만하도록 섬 하나를 안는다. 세월의 뼈대 층간에 고여 있던 잔잔한 물결이 수줍게 미소 짓는다.

(2016. 4.)

순환(順換)의 톱니

거기, 겹겹의 산으로 둘러쳐진 병풍 안. 다섯 집은 앞이 트여 바깥세상이 조금 보이고, 나머지 열댓 집은 옴팍하니 닭둥우리처럼 들어앉아 하늘만 빼꼼한 곳이 내 고향마을 '안터'이다. 나는 어려서부터 대상에 대한 호기심이 남달라 외딴집에서 혼자 놀아도 심심한 줄을 몰랐다. 위로 오빠 언니가 있기는 하나 나이 차가 많아 그들 노는 자리에 끼워줄 리 만무해, 땅바닥이나 살피며 개미와 땅강아지를 벗하며 자랐다. 그러다가 동생들이 둘 셋 늘어나 나중엔 여덟이나 되었지만, 내 눈과 귀는 늘 주변 돌아가는 일에 관심을 가져 동네의 꼬부랑 할머니들까지 기억하고 있다.

이는 내가 들추지 않으면 어느 한 사람도 이야깃거리로 삼을 만큼 중요한 일이 아닌 듯해, 이참에 한 번 작정하고 여미어둔 작은 보따리를 펼쳐 보이려 한다.

할머니 1–병춘네 할머니

그 집은 '장약방'으로 통했다. 그곳엔 여러 한약재를 담는 나무서랍이 즐비했고, 약 짓는 사람은 나와 동갑내기인 병춘의 아버지였다. 병춘이 할머니는 동그란 얼굴에 눈매가 부드러웠다. 손주들에게 이르는 말씨도 조곤조곤했다.

"병춘네 할머니는 왜정 때 일본 놈들이 끌어간다고 해서 부랴부랴 열네 살에 시집오셨단다."

이런 이야기를 어머니로부터 들어온 나는, 그분이 고약한 자들에게 붙들려가지 않고 우리 동네 할머니가 되어준 것이 고마웠다.

할머니 2-성희네 할머니

그 댁도 역시 장씨 성을 쓰고 있었다. 나보다 한 살 위인 성희(男)의 할머니이시다. 딱 보아도 여장부 기골로 인물이 훤하고 키가 훤칠했다. 독실한 동학(東學)교도로서 성미(誠米)를 걷으러 팔 걷어붙이고 다녔는데, 우리 사립문에 그분이 들어서면 어머니는 얼른 양철 물통을 열어 아껴둔 쌀을 내와 되질하였다. 식구들 생일이나 조상님 기일에나 한 줌씩 꺼내던 쌀을 아주 경건한 의식 치르는 양 내어드리곤 했다. 요즘 식으로 하면 정해진 신도 회비를 내는 것이나 다름없었다.

할머니 3-평숙이네 할머니

이분은 비손이란 인상이 매우 깊다. 우리 집에 동생들 태어난 지 세이레가 되는 날 아침이면, 꼭 삼신상 지푸라기 앞에서 "비나이다 비나이다" 하셨다. 아기 울음소리와 함께 가지런한 짚 한 줌이 시렁에 얹어지는데, 어머니는 첫국밥도 그

짚을 꺼내 편편히 펴고 그 위에 얹은 채로 드셨다. 그런데 삼칠일이 되는 날이면 평숙이네 할머니가 두 손을 모아 부비며 입속말로 무엇인가를 뇌고, 내 어머니는 다소곳이 꿇어앉아 눈을 감고 있었다. 그러다가 어느 날, 평숙이네 할머니는 뒷산 구릉 한자리를 얻어 훠이훠이 가셨다.

그리고 우리들은 가끔, 정해진 길을 두고 산을 누빌 때 가슴 철렁하도록 그분을 만났다.

할머니 4—선철네 할머니

오가며 양계장 쪽으로 고개를 돌리면 저만치 마루기둥 옆에 꼬부라진 백발 할머니가 설핏설핏 비쳤다. 우리들 또래가 그 댁엔 없어, 할머니의 셋째 손자인 선철 오빠 이름을 마구 부르며 자랐다. 그는 예닐곱 살의 나이 차와 무관하게 어린 날 내 동무였다. 꼴망태를 메고 다니며 나를 향해 네발 달린 짐승 걸음걸이 흉내를 내는 등, 까르륵거리는 내 표정을 즐거워했다.

그 댁에서는 할머니 돌아가시기 전부터 우리 아버지의 초능력으로 묏자리를 잡아뒀는데, 그 할머니 사후로는 내 아버지 돌아가시기 전까지 명절 때면 의례히 고기와 술이 들어왔다. 고인의 네 손자가 모두 녹봉을 받게 됐다며 선철의 아버지가 예를 다했는데, 신기하게도 선철네 할머니는 세상 뜬 후로 가난한 우리 집을 보살피셨다.

할머니 5–재권네 할머니

작은 소나무재를 올라 백여 미터 더 산 쪽으로 거슬러 가면 작은 저수지를 앞에 두고 외딴집이 있었다. 나보다 두 살 아래인 재권네 집인데, 재권이를 삼촌이라 부르는 동갑내기 조카 현자도 있었다.

그곳엔 마을 최고령 할머니가 계셨다. 원래 다른 할머니들보다 연장자였는지는 어렴풋하나, 장수하신 어른이다. 하여 우리 집에서 참외 수박을 수확할 때면 장에 내기 전에 가장 실한 것을 골라 아버지가 져다 드렸다. 워낙 외딴집이어서 나야 두세 번쯤 얼굴을 뵈었을까. 재권네 할머니를 생각하면 항상 마을의 어른으로 받들어 모시던 아버지의 등짐이 떠오른다.

할머니 6–광태네 할머니

마을의 할머니들이 모두 친할머니라면, 이분은 예외로 외할머니다. 광태는 내 오빠의 아명인데, 할머니는 황해도 해주 분이다. 도를 따라 계룡산에 들어 동학(東學)에 뿌리를 묻으리라 했다는 여인인데, 뒤늦게 인연을 만나 겨우 내 어머니 한 분을 세상에 내놓았다고. 길쌈하고 엿을 고아 대전에 내다 파는 수완도 있었다는데, 손주들 기억엔 계룡산을 타며 산나물자루를 여 날라 식량에 보탠 기억이 더 많은 분이다.

그래봤자 내가 일곱 살 겨울에 향년 74세로 생을 마치셨는데, 운명 직전에 "손 번성하길 기도하마." 하셨다는 유언이 오랜 여운으로 남는다.

이렇게 내 유년기엔 여섯 분의 할머니들이 한마을에 살았다. 내가 처음으로 뵈어온 거기 산마을 안터 할머니들은 그렇게 차차 자연으로 환원되어 갔다. 그 무렵 풋풋했던 우리들의 어머니들 중에는 누구는 할머니가 채 되기도 전에 지병을 얻어 세상을 떴고, 누구는 어느 정도 수를 누렸으며, 또 누구는 길고 긴 병석에서 오는 이를 기다리고 가는 이를 배웅한다.

그때 철부지였던 안터의 딸들은 어느새 머리가 희끗희끗해져 이미 할머니가 되었거나 할머니 될 준비를 하며, 한 차례씩 소스라치게 똑같은 고향 할머니들의 모습을 본다. 그러면서 점점 말이 줄어간다.

"그려. 그렇지. 다 그런 거지 뭐."

그러다가도 금세 함박웃음 지으며 "우루룩 까꽁!" 하고 먼 훗날의 할머니, 할아버지들을 어르고 논다. '어여쁘다, 어여쁘구나. 참 듬직하구나.'

지나온 자국을 물고 돌아가는 이 순환의 톱니는 오래전에도 그랬고, 지금도 그러하며, 앞으로도 변함없이 이어질 것이다. 그 행로가 원활할 때 할머니들은 할 일 다 했다며 두 다리를 뻗는다. 세상에서 이 질서보다 명료한 공식이 어디 또 있을까.

(2014. 10.)

삼불

토담 안 마당 복판에 여느 때와 확연히 다른 모닥불이 타고 있다. 얼굴이 부석부석한 어머니가 커다란 불무더기의 불담을 여민다. 왕겨를 몇 가마니나 부었는지 누구네 묏등만이나 한 불집이 꺼질세라, 사이사이 귀한 석유도 끼얹고 맨 밑에 괴어놓은 장작도 들썩거린다. 부엌에서 가마솥 걸린 아궁이에 불을 땔 때와 사뭇 다른 정경이다. 불길이 순조롭지 못하고 꾸물거리며 연기만 내뿜으면 팔을 길게 뻗어 불 간수를 하는 어머니 표정이 침통했다. 금세 울음이라도 터트릴 듯이 무어라 중얼중얼 혼잣소리를 냈다. 그럴 때는 어머니가 적이 걱정되었다.

흔하게 약쑥 몇 아름 베어다 연기를 내던 여름날의 모깃불이 아니다. 철부지 남동생들이 개구리 뛰듯 팔랑거려도 이 큰 불 가까이에는 얼씬도 못했다. 메뚜기나 가재, 미꾸라지를 잡아와서 구워 먹겠다고 그을릴 법도 하지만 그 누구도 거기에 선뜻 들이밀지 않았다. 그만큼 누나인 내게 책임을 전가시켜 동생들 관리를 하게 하신 것인데, 감도는 분위기만으로도 범접 못할 신성함이 느껴졌다.

안방에서 갓난아기 울음소리가 우렁차면 아버지는 외로 꼰 새끼줄에 숯과 실한 고추를 꿰어 사립문 양쪽 기둥에 매었다. 어쩌다 딸이 태어나면 솔가지도 꽂았다. 그것의 신호를 알아차린 이웃에선 세이레 동안 마실 오는 이가 없었고, 동냥하는 사람들도 길을 비켜서 다녔다. 토방 한쪽엔 동생들의 빨랫감과 구분되는 어머니의 속곳이 치마폭에 싸여 나와 봉긋하고, 아버지와 언니가 부엌을 오가며 부산했다. 나는 항상 언제 저지레를 할지 모르는 천방지축들을 건사하기 바쁘고, 마치 관찰자라도 되는 듯 오며 가며 집안의 동향을 살폈다.

어머니는 내게 동생들 기저귀나 허드레 빨랫감을 맡겼지만 비밀인 양 뭉쳐놓은 당신의 옷가지엔 손도 못 대게 하셨다. 특히 토방 귀퉁이의 다듬잇돌 위에 고이 올려둔 종이포대 안의 그것은 더욱 은밀해 보였다. 다행히 대여섯 명의 동생들이 말을 잘 들어 금기시하는 것에는 관심을 두지 않았다. 하지만 나는 점차 궁금증이 더해져만 갔다.

그날도 어머니 해산 뒤의 빨랫감은 예사로 돌려놨다. 굳이 별스럽게 생각하지 않아도 눈치로 알아차릴 만큼 내가 성장했다는 말이 맞을 것이다. 다섯 살 때에 옆집 언니가 아기를 어디로 낳는다고 알려준 적이 있는데 덜컥 겁을 먹은 나는 부리나케 뛰어 들어와 어머니 앞에 정색을 했었다. 어머니는 빙그레 웃으며 배꼽으로 낳는다고 했다. 그 말에 안심한 나는 몇 살을 더 먹을 때까지 마음 놓고 지냈다. 마당의 큰 모닥불 의미를 전혀 알지 못한 채로.

그런데 사람에겐 그런 진실쯤은 은연중에 눈뜨게 되는 본능이 존재하나 보다. 단지 모르는 척 시침 떼는 것일 뿐. 그러다 보고 말았다. 다듬잇돌 위 비밀의 정체를. 동생들이 하나씩 태어날 때마다 그 자리를 지키던 기이한 것이 검붉은 근육질의 둥근 물체라는 것을 알아버린 것이다. 어느새 나도 초경(初經)을 치른 열네 살 봄이던가. 밀·보리 누릇할 때 태어난 동생의 요람이었던 그 보물을 엿본 순간 가슴이 마구 요동쳤다. 하지만 몸조리 중인 어머니가 민망해하실까 봐 전혀 안 본 듯이 숨죽여 여미어 놓았다. 귓등으로만 들어온 태반이었다. 여인들이 아기는 무사히 낳고도 태를 낳지 못해 저승길에 드는 경우가 있다는 바로 그것. 어머니 젖무덤에 머리를 묻고 새근거리는 살결 보드라운 아기와 몇 시간 전까지만 해도 한 자리에 들어앉았던 생명의 태초가 아닌가. 이전에 어머니의 일부였다가 분리되어 나온 눈앞의 형상.

출산 후 사흘째 되는 날, 어머니는 옷매무새를 여미고 밖으로 나오셨다. 허리께까지 닿는 머리를 쫑쫑 땋아 틀어 올리고 옥양목 앞치마까지 정성껏 둘렀다. 그러고는 부엌 문턱을 넘어 너른 마당을 오가는데 역시 마당 복판엔 큰불이 지펴져 있었다. 불을 댕기는 의식은 아이들인 우리들이 볼 새도 없이 이른 새벽에 아버지와 함께 감쪽같이 치러졌다. 아침에 방문을 밀고 나와 보면 댓돌 위까지 말끔히 정돈되어 있고, 초가를 뒤덮는 은은한 연기가 휘휘 피어올랐다.

'삼불'이라고 했다. 어머니가 그때 놓던 불은 태를 품은 불이었다. 삼불은 출산 후 아기의 미래에 대해 기원을 담은 불 놓기이다. 사흘간 누워있던 자리를 털고 나와 조금은 가벼워진 몸으로 아기를 받쳐주던 태반을 태우는 심오한 의식. 그 불은 화력이 세어서도 안 되지만 도중에 꺼지면 큰일인 듯 어머니는 신중을 기했다. 연신 기어 나오는 불티를 쓸어 모으고, 부지깽이로 쑤석쑤석 바람구멍을 내는 어머니 가슴엔 묵언의 주문이 따랐으리라. 그러한 면면을 보면서 나도 저절로 엄숙해지곤 했다. 그 옛날 왕가에서는 새 생명이 태어나면 명당을 골라 태(胎)자리로 삼았다는데, 보통 민가에서 이뤄지던 불 놓기 의식과 형식이 다를 뿐 아기에게 좋은 기운이 작용하길 바라는 부모의 심정은 같은 것이었으리라.

이처럼 한 생명의 출생은 금줄과 삼불이 공존하는 것이었다. 부모님은 산마루 격인 구릉의 초가마당에서 열세 번의 삼불을 놓았다. 내 위로 둘은 자라는 중에 놓쳤지만 그래도 열한 자식은 길러냈다는 분들이다. 세상 문을 열고 시작의 울음소리 우렁찬 만큼, 삼불을 통한 소망도 아기가 무탈하게 자라는 것에 닿아 있었다. 그랬기에 행여 옮은 미소라든가, 동생들을 꾸짖는 강한 언사조차 삼가고 일심으로 불을 살피던 젊은 날의 어머니. 그 모습은 시간이 아무리 흘러도 변화하지 않는 고고한 정물이 된다.

이즈음 자식의 건강 문제로 애면글면하거나, 여차하는 사이 자식을 놓쳐 가슴 치는 이들을 보면 안타까운 마음 재울 길이 없다. 그럴 때면 예전의 내 어머니가 그랬듯 불쏘시개

깊이 박아 처마 높이로 왕겨 부어 밑불을 한껏 피워 올리고 싶다. 가슴 에이는 이들의 환부에 미미하게나마 훈기를 불어넣을 수 있다면 그깟 헛불이 대수이겠는가. ―그나저나 갓난아기 울음소리조차 줄어드는 길목에 서성이다 보니, 삼불이란 어휘는 시나브로 사위는 전설이 되어간다.

(2018. 1.)

돌이 말을 한다

임진각 평화의 종각으로 오르는 계단 가장자리, 철 잊은 무궁화 한 송이가 시선을 끈다. 즐비한 군락 사이에서 빗물을 머금고 흥건하다. 혹시 누가 일부러 꽂아둔 조화인가 싶어 만져보니, 보드레한 꽃잎이 싱싱하여 다가선 손길을 무안케 한다.

그 앞에서 잠시 머뭇거리다가 인파를 따라 계단 끝자락에 오른다. 나라에 평화가 깃들기를 소망하는 글귀와 함께 몇몇 인사들의 이름이 새겨져 있다. 나는 일행에게서 뚝 떨어져 한가로이 걸어본다. 그러다가 웬 병풍 모양의 조형물 앞에 사람들이 둘씩 셋씩 모여 있는 것을 보게 되었다. 그들의 시선은 하나같이 유리관 속의 거무튀튀한 병풍에 고정되어 있었다. 도대체 무엇을 살피고 있는 것일까. 주변엔 녹슨 철로도 있고 표면이 너덜너덜해진 기차도 있는데 저이들을 저토록 강하게 잡아끈 것이 무엇일까.

나도 그들 대열에 서서 회색 물체에 눈길을 던져본다. 그러다가 내면 깊은 곳에서 솟구치는 요동을 만난다. 전쟁에 참여했던 사람들의 메아리가 쉼 없이 들려온다. 다름 아닌 '평화의 돌'이란다. 전 세계 전쟁터의 한과 슬픔이 서린 돌을 모아 만든 조형물이라는 안내 표지석이 가슴을 서늘케 한다. 오석(烏石)의 조형 병풍에는 각각의 돌들이 번호를 달고 박혀 있다. 아이 주먹만 한 것도 있고, 어른 주먹보다 조금 큰 것도 있다. 돌을 수집한 전쟁터와 발발연도도 자세히 기록해 놓아, 그 끔찍한 흔적을 상기시키고 있었다. 2차 세계대전(1940) 영국 버밍엄, 대몽골전쟁(1241) 헝가리 부다페스트, 태평양전쟁(1945) 일본 히로시마 등등.

이 상징물 앞에서 누군들 발길이 가벼우랴. 그 누가 스치듯 이곳을 예사로이 지나칠 수 있으랴. 저리도 명료하게 전쟁의 상처를 노래하는 물증 앞에서 철인인들 눈 가리고 귀 막고 마음 닫을 수 있으랴.

친정엔 26년에 걸쳐 군인이 여덟이었다. 맏이인 오빠를 비롯해서 8형제가 모두 현역으로 군복무를 마쳤다. "둘만 낳아 잘 기르자!" 하던 시대, 한꺼번에 네 명이 군인일 때도 있었다. 그래서인지 막내그룹의 동생들이 군대에 가도 마치 뒷동네에 마실 보내듯 건성건성 어깨나 툭툭 쳐주었다.

환갑을 넘긴 오빠가 군 생활을 하던 시기에는 너나없이 경제적 어려움을 겪고 있었다. 그러던 터라 일반가정에서는 장정 한 명이 군대에 가고 안 가고에 따라 형편이 크게 좌우되었다. 철석같이 믿고 있던 기둥이 나라의 부름에 응할 때, 상급학교 진학을 앞두고 있던 동생들은 부푼 꿈을 접고 공장으로 식모로 발걸음을 옮긴 예가 허다하다. 그렇게 해서 그 아래 동생들이나마 학업을 이어갈 수 있었다. 위에서 셋째인 나도 그 대열에 끼여 치열하게 주경야독의 길을 걸었던 사람이다.

어머니는 장독대에 떠놓는 물 한 사발로 자식들에 대한 염원을 대신했다. 당시만 해도 동냥 다니는 사람 중에서 상이군인들을 자주 접할 수 있었기에, 이따금 날아드는 군사우편을 받고서야 안도의 숨을 몰아쉬곤 했다. 그러다가 토방 아래 군화가 놓인 날이면, 등잔불 심지를 돋우며 휴전선 이야기로 밤이 이우는 줄을 몰랐다.

그러고 보면 여러 아들을 군대에 보내뒀던 그때가 친정일가의 과도기였을까. 작게 보아 아버지의 역사를 만들어 가는 길목에서 부흥기로 접어드는 시기 말이다. 그래서 더 어려웠고, 허리띠를 졸라매야만 버티어낼 수 있었던 불안정한 시기…. 이는 한 개인의 가정사에만 국한되는 것이 아니다. 집집마다의 그런 소소한 이야기들이 모여 굵직하면서도 폭넓은 이야기를 낳는다. 한 나라의 역사를 보더라도 과도기가 있지 않은가.

부모님이 아들 여덟을 신체조건 1등감으로 낳아 '현역제대' 시키신 일은 딸인 나에게까지 영향을 미쳐, 호국의 인물 한 분을 조명할 때에 미력하나마 힘을 보탰다. 한국전쟁 때 우리나라의 동부전선을 지켜낸 고 김용배(金龍培) 장군 전기를 쓰는데 가담한 것이다. 혹자는 여성의 힘으로 어찌 그런 일을 했을까 의아해할 일이나, 아들 여덟을 키워 나라에 맡기고 흔흔해하던 아버지의 딸로서 그 방대한 작업은 숙명과도 같은 것이었다. 수차례 장군의 출생지를 오가며 자료를 찾고, 흐릿하니 베일 속에 가려진 혈육을 만나 장군 닮은 형형한 눈빛을 확인했다. 전쟁기념관 등에서 자료 도움을 받고, 장군이 속했던 연대에서 그 시기의 행적을 구해 정독하는 데만도 1년여의 시간을 보냈다. 그리고 몇 남지 않은 참전용사들의 증언을 녹취하여 아린 상흔을 더듬어나갔다.

일본의 압박에서 해방을 맞은 지 고작 다섯 해, 전쟁이 일어나게 된 배경이야 차치하고라도 이 나라의 군 지휘자 중 한 사람이 순발력을 발휘해 물밀듯 하는 북한군을 맞받아치는 대목에서 나는 숨을 죽였다. 압록강에서 수통에 물을 담아 이승만 대통령께 전했다는 기록에서는 어린 날 사회교과서로 익힌 물 뜨는 병사사진이 연상되어 전율했다. 그러나 당시 대령이었던 그 사람! 김용배 장군은 결국 중공군의 침공에 의해 서른한 살의 푸르디푸른 나이로 산화하고 말았다. 대략 꼽아보더라도 전쟁의 불길 속에서 명을 부지한 사람의 수가 외려 드문 일 아니던가. 눈부신 문명 속을 활보하고 있는 우리는 그렇게 스러져간 고혼들의 향훈으로 오늘을 살아가고 있는데, 나부터도 종종 그것을 망각할 때가 있다.

지금 이 자리 임진각, 작은 공원에서 돌들이 재차 말을 건다. 저 견고한 것들이 모래 알갱이로 산산이 부수어진다 해도 못 다할 거대한 말자루를 품고 옹알이를 한다. '아파요', '포탄에 뜨거워 조각조각 튀었어요….' 하다가 '이 땅, 아니 온

누리에 서로 대적하는 살생은 다시없어야 합니다!' 하며 수많은 병사의 음성으로 조곤조곤 일러온다. 그 침묵의 언어가 하 강렬하여 닫혔던 의식에 신선한 바람이 인다.

그래. 무궁화야, 피었거라. 어찌 한 계절에만 꽃잎 열어 속 깊은 위로로 화답하리.

(2015. 1.)

우회(迂廻)의 미(美)

나무가 기고 있다. 소나무가 땅에 바짝 붙어 곡선을 만들어내며 반원의 그림을 연출한다. 처음엔 내 눈이 잘못되었나 했다. 어인 일인가. 어쩌자고 이러는가.

장미를 보겠다고, 그것도 시골 장터처럼 알록달록 몰려있는 축제장에 가겠다고 길을 나선 날이다. 신록은 푸르고 바람은 더할 나위 없이 싱그러웠다. 아이들을 키울 때는 코끼리열차를 이용해 동물원 입구까지 가거나 놀이동산 근처까지 다녀오곤 하던 길이다. 또 한창 멋을 낼 때는 뾰족구두를 신은 채 또각또각 걷다가 물집이 잡혀 리프트를 타고 가 식물원을 돌아보거나 현대미술관 근처를 산책하고 연못가에 앉아 한유를 즐기기도 했다. 그러고는 한동안 그 길을 잊고 살았다. 아이들은 다 컸고, 나도 지긋한 나이가 되어 전원생활에 한쪽 발을 담근 모습으로 도시와 시골을 오가고 있다. 전원에서는 작은 생명체들의 숨소리가 느껴져 마음 평온해지는 맛이 쏠쏠하다.

그러는 중 한 친구가 전라도로 장미 구경을 가자며 차표를 끊어놨단다. 기차여행이라 한 번 나서볼까 했는데 여차저차로 무산되었다. 그때 불현듯 서울대공원 장미축제장에서 시를 낭송하던 옛일이 떠올라 의견을 내게 되었다. 뭐 먼데서 찾을 일 있냐고. 이곳 의왕에서는 이웃한 곳이니 소풍 삼아 길을 잡자 하였다. 일은 쉽게 만장일치가 되어, 네 명의 동창생이 의기투합하여 대공원 앞에서 만났다. 인천에서 수원에서 서둘러 온 친구들도 감회에 젖어 걷는다. 초등학교 동창생이니 어린 날 고무신을 신고 계룡산을 더듬으며 소풍 다니던 실력들이 한껏 발휘되고 있었다. 모두가 단화를 신었거나 운동화 차림이어서 걷는데 애로점을 겪을 일도 없었다. 너나없이 아이들 키울 때 말고는 서울대공원이 처음이라 한다.

장미축제장은 아껴두고 현대미술관까지 돌아 내려오기로 했다. 햇살이 좀 따갑긴 했지만 모처럼의 한유가 세포를 다 깨어나게 한다. 얼마나 걸었는지 발이 얼얼한 때쯤, 높은 담장 밖으로 잘 다듬어진 언덕 옆길에 다다랐다. 갓 베어낸 풀냄새가 그윽하니 코끝을 스친다. 괜스레 개구쟁이들처럼 코를 벌름대고 발을 뚜벅거리며 자연이 보내오는 향기에 취해본다.

헌데 이게 웬일인가. 기세 좋게 위로 솟구쳐야 할 창창한 때에 몸을 틀어 바닥을 기며 살아낸 나무가 있다. 그 삶을 유추해보건대 애처롭고 대견하다. 힘겨운 고비를 무수히 넘겼을 터인데, 저만치 담장 곁에서야 겨우 잔가지를 뻗어 하늘을 이고 있다. 저 지점까지 도달하는 동안 얼마나 우여곡절이 있었을까. 사람이 엎드린 채 턱을 들 듯 가까스로 받침목에 의

존해 하늘을 볼 수 있는 나무의 생장에 가슴이 떨려온다.

밑동이라 해야 내 두 손안에 쏙 들어올 굵기이다. 키가 저리 껑충 자라는 수령 속에서 겪었을 아픔을 헤아려본다. 주변에 조릿대가 채워져 있었더란다. 그 틈에서 어쩌다 솔의 씨가 싹을 틔웠는지, 아니면 어린 묘목을 심어두고 가꾸질 못해 저리되었는지 알 수 없는 일이나 소나무는 생명이 주어진 이상 자라나야 했다. 허나 성장배경이라 할 수 있는 주변 환경이 원활하질 못해 바로 설 수가 없었겠지. 찰지고 번식력 강한 시누대의 기세에 눌려 어찌해볼 도리가 없었을 것이다. 서걱거리는 부대낌 속에서 그만 몸을 뉘이고 가느다란 호흡으로 명을 이었으리라. 땅에 찰싹 붙은 각진 몸뚱이가 그때를 명징하게 보여주고 있다.

그래도 어린 소나무는 완전히 꺾이지 않았다. 옆으로 우회하여 숨을 쉬며 새 가지를 살금살금 내밀어가고 있었다. 그렇게 세월 속에서 자신의 자리를 굳히는 지혜도 터득해 나갔을 것이다. 나무와 나무 사이 빼곡한 틈을 비집으며 한 줄기 햇살에 나이테를 키우고 한자락 바람에 표피를 부풀리며 댓잎을 타고 내리는 빗방울 한 모금 한 모금에 갈증을 해소했으리라. 그래서 지금은 성장기의 훼방꾼이었던 조릿대는 베어지고 어엿한 장수나무로 추앙받으며 자신의 일대기를 들려주는 우뚝한 자리에서 지나는 이들의 심금을 울린다.

사람도 애초부터 나는 자리가 달라, 박토나 다름없는 현실이 주어졌다면 몇 마디 말로 해결 안 될 적응의 시간이 필요

할 것이다. 그 길에서 때로 낮아지고 수그리며 우회하는 방법을 찾아가야 하리라. 그렇지 않고 성한 기운만 내세우다 보면 지레 성장점을 해치는 우를 범할 수도 있는 일이지 않은가. 또 몸이 연약해 조심조심 살아가는 사람들에게도 더 이상의 응원이 필요 없을 곡선의 미를 확인한다.

화려한 장미꽃을 찾아가는 길에 주변 소풍부터 하자며 걷는 길에서 큰 스승을 만난 격으로 고개를 주억거려본 날이다. 일반적인 조형 잘 된 나무들이나 정승급의 소나무와는 비교조차 할 수 없는 왜소하기 짝없는 모습이지만, 그 곁에 서본 것만으로도 무한한 가르침을 받아 새기게 된다. 세상엔 이렇게 피차간에 딱히 어떤 목소리를 내지 않고도 완전한 소통이 이뤄질 때가 더러 있다. 그 힘은 사람 살아가는 길을 한층 역동적이게 한다.

(2019. 6.)

응시(凝視)

– 능가산의 성인(聖人)들

멀리서 보아도 산 위에 커다란 바위가 우뚝하다. 저 산에 성인들이 기도하며 깨달음을 얻은 굴이 있다 하였다. 게다가 원효대사가 기거하며 득도했다는 유서 깊은 곳이니 궁금증이 더했다. 어디든 산세 수려한 곳에서는 심오한 세계에 들기를 원하는 사람들이 나름의 화두를 안고 깃들기 마련이지만, 전 세대의 동학 도인들도 기도 차 부안 능가산 자락의 원효굴에 머물렀다 한다. 나는 그저 경치 구경이 좋아 가끔 길을 나선다. 그날은 열차로 논산역까지 두 시간 이상 혼자 가서 다섯 명의 일행과 합류했다. 산행은 험하지 않아 산책하는 느낌으로 숲에 잠기는 맛이 쏠쏠했다. 개암사를 통과해 오솔길로 접어들 때는 한창 여름인데도 대나무 군락지에서 죽순이 올라오는 점이 특이했다.

정상부에 거의 다다랐을 때는 장마철답게 비가 부슬부슬 내리기 시작했다. 차츰 빗줄기가 굵어지자 인솔자인 동산(東山, 천진교 동학대종원 이사장) 선생이 길을 비켜서고 나머지 네 사람만이 막바지 힘을 몰아붙였다. 드디어 아래서 올려다보이던 우금(禹金) 바위에서 두 개의 아치형 굴이 나타났다.

바위 아래에 광장 같은 마당이 닦여있고 굴 입구도 일부러 깎아낸 것처럼 곡선이 곱다. 여기가 바로 원효굴인가 하니 아니란다. 백제 의자왕 때 복신장군이 신라 장수 김유신과 소정방에게 패한 곳이란다. 그때 병사들이 기거하며 숙식을 해결했을 곳으로 읽힌다. 예나 지금이나 사람 살아간 자취에 불현듯 명치 언저리가 뜨뜻해진다.

이 멀리 새벽부터 달려온 내가 애초의 목표를 저버릴 사람인가. 기어이 '원효굴'을 상견할 요량으로 길을 더듬었다. 봉우리 우측으로 꺾어 돌면 다른 굴이 나온단다. 반가운 마음에 작은 화살표를 따라 잡목을 헤치며 재빠르게 휘돌아갔다. 그 사이 빗줄기가 굵어져 나뭇잎에 빗방울 듣는 소리가 크다. 몸은 이미 다 젖었다. 마침내 마주한 어두침침한 동굴, 천장엔 박쥐 한 마리가 붙어서 손님의 방문에도 아랑곳 않는다. 유명세처럼 깊거나 길지가 않다. 좀 전 앞면에서 본 굴처럼 품 넓게 여럿이 들 수 있는 공간도 아니다. 그저 한 사람 들어 조용히 면벽 수행하면 안성맞춤일 법하다. 앞면에서 내려다보이는 경치처럼 훤히 트이지도 않았으니 외경에 마음 빼앗길 일도 없을 터이고 고요의 세계에 들기에는 도움이 될 성싶었다.

이전 도인들의 기도 흔적을 찾아보던 일행은 다시 길을 되짚어 내려왔다. 저만치 절 마당에 도착했을 줄 알았던 동산 선생은 이 나무 저 나무 아래로 이동하며 비를 피하고 있었다. 비에 젖기로는 피차 마찬가지지만 본원 종손으로서의 의

무감이 느껴져 가슴이 뭉클했다. 치과원장으로 본업을 하며 한 종단을 이끈 선대의 후손노릇이 쉬운 일은 아니지 않은가. 여기에 동참하는 사람들은 다 그런 내림을 등에 지고 있다.

산속에서 소나기를 만나 부랴부랴 내려온 것이 맘에 걸려 짧게나마 산봉우리를 한 컷 담았다. 개암사 대웅전 뒤로 커다란 바위봉우리가 나오게 셔터를 눌렀다. 이 지역에서 우금암이라고도 일컫는 굴을 품은 우금 바위다.

그런데 집에 돌아와 컴퓨터에 사진을 저장하던 나는 깜짝 놀랐다. 두 눈을 의심하지 않을 수 없었다. 피사체 너머에는 애초에 지정한 사물이 아닌 제3의 정경이 들어있는 까닭이었다. 두 얼굴, 즉 크고 작은 고개를 양쪽으로 젖히고 있는 바위사람 둘. 두 눈과 입이 또렷하다. 어느 하나 찡그린 모습도 아니고 스승과 제자인 듯, 혹은 장수와 병사인 듯 물끄러미 이쪽을 본다. 그저 성인들의 기도처, 그 유허지를 좀 더 오래 기억하고자 카메라에 담아왔을 뿐인데 이게 어인 일인가. 성인들이 머물렀다는 그곳에서, 또 장수와 장수가 한바탕 격전을 벌였다는 그곳에서 아직도 삶이 뭔지 진정한 답을 찾지 못하고 떠난 성인들이 인간 세상을 향해 고뇌하는 형국이다. 영락없는 응시다.

바위틈에 박힌 씨앗들이 오랜 세월에 거쳐 싹을 틔우고 뿌리 내려 나무로 자랐으리라. 그것들이 먼발치의 내게 눈이요 입으로 다가온 게다. 바위 자체가 움푹움푹하여 음영으로 나타났을 수도 있고…. 사람이 꾀하는 방향으로 집중하다 보면 미처 접하지 못한 세계에 도달한다고들 한다. 그런 맥락에서 글 쓰는 사람도 정신적인 제3의 발견을 위해 부단히 노력하는 위치에 있다. 어느 한 가지 의미를 찾아 결을 가다듬는 일에 촉을 세우지 않는다면 가슴 울리는 한 줄기 빛을 끝내 만나지 못하리라.

만물이 나고 멸하는 사이 벌어지는 세상사에 대해 성인들은 무엇이 그리도 궁금했을까. 그 지극히 보편적인 희로애락으로 인해 범인(凡人)인 우리들은 셀 수도 없이 울고 웃는데, 저 산의 성인들은 그 해법을 찾아 일생을 바치고도 모자라 지금도 여전히 후세에 남을 답을 찾아 고개가 갸웃하다. 비 내리는 날엔 운무에 잠기고, 갠 날에는 청명하늘 뭉게구름에 안기어 날마다 풀지 못한 숙제를 풀고 있다. 어쩌면 현세를 살아가는 우리들의 행동거지를 살피느라 눈 한 번 감을 새가 없는 것인지도 모르겠다. 여하간 두 분의 성인께서 턱을 마주하고 어쭙잖은 내게로 와 눈까지 딱 맞췄으니, 그분들이 내준 과제가 무엇인지 작은 눈 올려 뜨며 갸웃거려볼 일이다.

(2017. 7.)

새벽닭 홰치는 소리

모락산 골짝에 기댄 성 라자로 마을에서 새벽닭 홰치는 소리 들려온다. 마을로 난 호젓한 길에 열지어선 가로등이 촉을 밝힌다. 그것들 틈에서 유독 한 개의 등이 깜빡인다. 고단한 사람의 무게인 양 빛이 흐리다. 제 몸을 데워 빛을 내는 등의 수명이 다해가는 것일까.

내가 첫돌을 넘겼을 때, 하마터면 그쯤에서 생이 끝날 뻔하였다. 고열로 숨을 할딱여 어버이를 애태운 것. 당시 아들 셋에 딸 둘을 낳았으나 이미 남매를 잃은 어머니는, '이젠 딸자식마저 못 키우겠구나.' 하며 싸늘해진 포대기를 윗목으로 밀쳤다. 그러나 아버지는 어린 것의 가슴을 어루만지다가 자정 넘은 시각에 마을의 한약방으로 내달렸다. 다짜고짜 장의원의 팔을 끌고 와 포대기를 펴 보이니, 의원은 "다행히 숨은 붙어있구먼." 하였다. 그길로 약 두 첩을 받아온 아버지는, 두 개의 풍로에 두 개의 약탕기를 올리고 부채질을 하였다.

참새 심장처럼이나 약하게 노는 딸의 심장을 아버지는 그날 밤 저울질했다고 하였다. 온탕을 새끼손가락에 찍어 한 방울 떨어뜨리면 몸이 불같고, 냉탕을 한 방울 떨어뜨리면 얼음장 같았다고 회상했다.

"그러기를 몇 시간, …새벽닭이 울자 네가 울더구나."

아버지는 그렇게 나를 살렸다고 했다. 꺼져가던 내가 새벽닭이 울어 소생한 게 아니고 내가 살아날 즈음에 새벽닭이 목을 뽑은 우연일 텐데도, 생전에 단 한 번도 그 말을 바꾸지 않았다. 아마도 새벽닭 홰치는 소리는 아버지에게 있어 어린 딸 명줄 잇는 소리였으리라.

그러고 보니 저 청청한 소리는 무언가를 잇는 소리이다. 하늘을 흔들어 여명을 부르는 꼬끼오 꼬끼오…. 그 소리에 사람들은 아득했던 의식의 세계에 촉을 세운다. 잊었던 꿈을 떠올리기도 하고, 아련한 사람을 그리워하기도 한다.

그 긴긴 음절에 나는 번민의 조각을 깁는다. 밤 새 이쪽과 저쪽을 오가며 헤집어놓은 속내를, 푸른 소리를 실 삼아 마음의 귀에 꿰어 홈질한다. 다시 촘촘해진 심상의 보자기. 곱게 개어 추억의 곳간에 넣어둘 참이다. 사람의 명줄조차 다시 이어진 이 시각에 새벽닭 홰치는 소리 들은 게 행운인 걸 어쩌랴.

(2005. 7.)

김선화(金善化) 연보

호는 지송(遲松), 자연(自然) : 초등학교 4학년 때 담임이신 이정효 선생님께 발탁되어 문학의 외길을 걸어옴. 등단 무렵, 학창시절의 문예부 은사이신 백영철 선생님으로부터 호를 받음. 겸손한 의미로 지송(遲松)을 선택해 오다, 최근 들어 자연(自然)을 곁들여 씀.

조부 : 본관 김해, 자는 현범(顯範)

조모 : 파평 윤씨

외증조부 : 동학 성도사 춘암(東學 誠道師 春菴). 박춘흥(朴春興). 본관 밀양

외증조모 : 동학 성부인(東學 誠夫人) 오춘호(吳春好). 본관 해주. 고향–황해도 송화

외조부 : 동학 성도사 화암(東學 誠道師 化菴) 박영수(朴永秀). 고향–송화

외조모 : 동학 성부인(東學 誠夫人) 양국화(梁國化). 본관 남원. 고향–황해도 해주

부친 : 동학 성도사 낙암(東學 誠道師 樂菴) 김성길(金成吉), 자는 덕배(德培). 본관 김해. 고향–부여

모친 : 동학 성부인(東學 誠夫人) 박선비(朴善妣). 고향–신도안 청석동(현, 계룡시)

1960년 음 1월 21일. 위의 어른들을 뿌리로 두고, 충남 신도안 계룡산자락 시루봉 아래 '안터' 초가에서 8남 3녀 중 셋째로 태어남. 어머니가 무남독녀인 관계로 외가에서 나고 성장하여, 10여 리 등하굣길을 통해 자연적 사유의 지평을 넓힘.

1967년 남선국민학교 입학. 글과 글씨를 잘 쓰고, 그림을 제법 그리며, 암산 잘하는 아이로 알려짐. 교내도서관의 소장 도서를 두루 섭렵함.

1972년 남선국민학교 졸업. 어려운 집안 형편을 극복하기 위해 팔방으로 노력함.

1976년 7월, 17세에 청운의 꿈을 안고 두계역(지금의 계룡역)에서 밤기차를 타고 상경.

이후 주경야독하며 동생들 학업을 돕고, 중·고등과정 검정고시 합격.

패션업계에서 내로라하는 솜씨를 발휘함.

1984년 11월, 배우자로 경기도 사람 이창섭(李昌燮)을 만나 결혼. 슬하에 장남 1985년생 승우(昇愚)-현재 중등 과학교사, 차남 1989년생 승호(昇鎬)-현재 경찰공무원(경위)을 둠.

1993년 소년동아일보 어머니코너에 시 2편이 연이어 선정되며 문학의 불씨를 확인.

1994년 봄, 시인 배준석 선생을 스승으로 모시고 본격 시 창작 공부에 매진.

1995년 가을, 군포시 백일장 수필 〈도시에 사는 나무〉로 장원.

1996년 가을, 한국수자원공사 전국 물 백일장 대학·일반부 장원.

1997년 봄, 수필가 윤모촌 선생 문하에 들어 수필사사.

1998년 한국방송통신대학교 국어국문학과 입학.

방송대경기문학상 수필 〈둥지 밖의 새〉 당선(조남철 교

수 심사).

11월, 제1회 한하운문학상 공모에 〈보리피리〉와 〈노래하는 부처〉가 당선(정봉구 수필가 심사)되어, 세종문화회관 소강당에서 수필부문 대상 수상.

1999년 1월 15일, 수상 작품집 ≪둥지 밖의 새≫ 출간(청학).

7월, ≪月刊文學≫ 신인공모에 수필 〈흔적〉이 당선되어 등단.

2002년 한국방송통신대학교 국어국문학과(문학사) 졸업.

1월 12일 부친 별세.

10월 9일 제2수필집 ≪눈으로 보는 소리≫ 출간(경기문화재단 우수문학창작기금 수혜. 선우미디어).

2003년 6월, 동화작가 이금이 선생을 스승으로 아동문학(동화) 사사.

2004년부터 2008년까지 구로애경백화점 문화센터 수필 강의.

2005년 대표에세이문학회 주간 역임.

9월 9일 첫 시집 ≪눈뜨고 꿈을 꾸다≫를 출간하며 시단에 나옴(문학산책사).

9월 9일 국내최초 단(短)수필 단행본 ≪소낙비≫ 출간(선우미디어).

국내 교수·비평가들이 뽑은 그해의 우수수필 다년간 선정.

2006년 1월, 제3회 대한문학상 시(詩)부문 본상 수상. 수상시집 ≪눈뜨고 꿈을 꾸다≫.

3월, ≪월간문학≫ 신인공모에 청소년소설 〈태국소년 툭툭이〉가 당선되어 청소년문학 등단.

6월, 제4회 대표에세이문학상 수상수필집 ≪소낙비≫.

2007년 3월 5일, 제4수필집 ≪포옹≫ 출간(선우미디어).

한국문화예술위원회 주최 우수문학도서 선정 ≪포옹≫.

2008년　제27회 한국수필문학상 수상. 수상수필집 ≪포옹≫.
11월 6일, 수필집 ≪둥지 밖의 새≫ 개정증보판 출간.(청학).
11월 6일, 제2시집 ≪꽃불≫ 출간(청학).

2010년　1월 29일, 청소년장편소설 ≪솔수펑이 사람들≫ 출간(경기문화재단 우수문학창작기금 8백만 원 수혜. 북나비).
2월 10일, 풍경이 있는 테마에세이 ≪아버지의 성(城)≫ 출간(선우 올리브 북스 7).

2010년　9월 3일, 제6수필집 ≪나무속의 나무≫ 출간(문학산책사).
9월 3일, 고향 인근 지역민들에 의해 대전광역시 유성구 세동에 〈내 고향 상시동〉 시비(詩碑) 건립.

2011년부터 현재, 군포중앙도서관 수필 강의.

2013년　청소년소설 중·단편집 ≪바람의 집≫ 출간(북나비).

2014년　대표에세이문학회 회장 역임.
3월 28일 모친 별세.
12월 26일, 경기문화재단 우수문학창작기금 5백만 원 수혜. 공동 작품집 ≪그곳에 이야기가 흐른다≫에 〈골목은 살아있다〉, 〈봉분 위에 억새꽃 피고지고〉 수록(책 읽는 오두막 刊).
11월 19일, 5매수필집 ≪피사체 너머에는≫ 출간(문학산책사).
〈수필세계〉 〈수필시대〉 〈에세이문예〉 〈대한문학〉 등에 다년간 '김선화의 단(短)수필' 연재.
일간신문 〈건설경제〉 '마음의 창' 코너에 다년간 단(短)수필 연재(창립필진.)

2015년 제26회 전국성호문학상 공모에 5매수필집 ≪피사체 너머에는≫이 당선 수상.

12월 23일, 제3시집 ≪빗장≫ 출간(문학산책사).

2016년 9월 30일, 제8수필집 ≪정점頂點≫ 출간(북나비).

2019년 5월 10일, 제4시집 ≪인연의 눈금≫ 출간(문학산책사).

9월 9일, 창작동화집 ≪호두도둑 내 친구≫ 출간(북나비).

2020년 7월 28일, 제9수필집 ≪우회迂廻의 미美≫ 출간(북나비).

2021년 4월 ~ 사단법인 한국수필가협회 발행 월간 〈한국수필〉 편집장.

7월 22일, 제18회 한국문협작가상 수상. 수상 수필집 ≪우회迂廻의 미美≫.

2022년 3월 20일, 서산시 운산면 유기방가옥(충남민속문화재 23호) 내에 〈수선화가 있는 풍경〉 수필비 세워짐.

4월 30일 제10수필집 ≪솔개≫ 출간(북나비). 한국예술인복지재단 지원금 수혜.

현재 한국문인협회 문단70년사 편찬위원, 국제펜 한국본부 회원, 한국수필가협회 이사, 수필문우회 운영위원. 세종도서 및 문학나눔 심의위원. 문학 강의 및 후진양성과 창작활동에 붓끝을 세움.

김선화 수필선

공진 共振